# توهم گربه پرشین

## نویسنده: مریم شفیعی

بازنویسی شده به انگلیسی توسط نویسنده

# مقدمه

اگر بخواهم داستان نوشته شدن این کتاب را از اول برایتان بگویم باید اینطور شروع کنم. وقتی دبیرستان را تمام کردم و کنکور ورود به دانشگاه را دادم نوبت انتخاب رشته رسید. آن زمان رویاهایی از شغل آینده ام داشتم. ریاضی را دوست داشتم، فیزیک را هم همینطور، ادبیات را هم دوست داشتم. اما درواقع نمیدانستم من برای چه کاری و چه کاری برای من مناسب است. احتمالا شرایط برای خیلی ها همینطور است.

یکی از رویاهایم را انتخاب کردم و به دنبال رشته مهندسی برق رفتم، اما یک تصمیم گرفتم. تصمیم گرفتم که اگر این رشته را دوست نداشتم نویسنده شوم. چهار سال بعد در رشته مهندسی برق فارغ التحصیل شدم واگر الان این کتاب را می خوانید حدس زدنش سخت نیست که دوستش نداشتم.

از همان زمان گاهی می نوشتم. از شعر شروع کردم و کم کم به داستانهای کوتاه علاقه مند شدم. دیگر زمانش رسیده بود که تصمیمم را عملی کنم. چند داستان کوتاه در یک مجله محلی چاپ کردم و شروع به ترجمه یا بازنویسی داستانهایم به زبان انگلیسی کردم. نتیجه آن این کتاب کوچک است که مجموعه ای از داستانهای کوتاه به دو زبان فارسی و انگلیسی است.

دلم می خواست علاوه بر فارسی زبانان، افراد با زبانها و ملیتهای مختلف بتوانند این کتاب را بخوانند. بخصوص دلم می خواست نسل جدید مهاجرین ایرانی که در خارج از ایران به دنیا آمده یا بزرگ شده اند و خواندن فارسی را نمی دانند بتوانند یک کتاب ایرانی به زبانی که می دانند بخوانند.

این داستان بوجود آمدن این کتاب بود. امیدارم بخوانید و از داستانهای خیلی کوتاهش لذت ببرید که گاهی در قالبهای خیالی پیچیده شده تا حرفی را پوشیده و درگوشی بزند و گاه مستقیم به روایت لحظه ای از یک زندگی واقعی می پردازد.

## About me

When I graduated from high school, it was time for me to enter university. I had no idea what I wanted to do for the rest of my life, I was good at math, I was good at physics, I was good at literature, but what was that I really cut out for, I was not sure about it then, and not even now. I'm sure that the same went for lots of you too.

Finally I chose electrical engineering and I made a decision that if for any reason I wouldn't like it, I would become a writer. I majored in electrical engineering four years later, and guess what, I didn't like it. So I am an electrical engineer now and this is my plan B. I can say that I'm really enjoying my plan B.

By writer

## About the book

As gifts are more beautiful wrapped in papers, words are more pleasure wrapped in stories, so all these stories are somehow wrapped, and I wish you enjoy when you read and open the wrapping and get the meanings inside.

The other thing I should say is that I write basically in Persian, and I rewrote these stories in English, so they are not translated word by word, and they are not translated by a professional translator. my reason for publishing these short stories bilingual is that I want them to be read by different people from different nationalities and specially the new generation of Iranian who live all around the world; the generation that were born in other countries or immigrated in young ages and they can't read Persian, I like to give them a chance to read Iranian stories in a language they can read.

By writer

# فهرست

جسی عزیزم

هر بار باید از نو شروع می‌کرد

اگر آنجا بودم

# Contents

My dear Jessie

Starting again

If I were there

## قصه ای که نوه کوچکتر مادر بزرگ برای نوه هایش می گفت

"ماهی به آب پرید. فکر می کرد چون یک ماهیست شنا می داند. اما غرق شد. همه جمع شدند، دستهای هم را گرفتند و مثل یک ریسمان او را از آب بیرون کشیدند. اما ماهی دیگر مرده بود. خاکسترش کردند و به آبش سپردند. بنابراین ماهی یکبار دیگر غرق شد."

بچه ها خوابیده بودند. مادر بزرگ چراغ را خاموش کرد و رفت. او قصه زیاد بلد بود ولی بچه ها همیشه پیش از آنکه آخر آنها را بشنوند، می خوابیدند. شاید باید همینطور باشد. شاید، آخر داستانهای مادربزرگ خواب از چشمانشان می گرفت و بچه ها به این خواب نیاز داشتند. اما مادربزرگ از وقتی برای نوه هایش قصه می گفت خواب نداشت. او آخر همه قصه ها را می دانست. می دانست که ماهی را هر چند بار که از آب بگیرند دوباره به آب خواهند انداخت و ماهی بیچاره هر بار می بایست رنج غرق شدن را تحمل می کرد و این از اختیار او خارج بود.

بعد از خوابیدن بچه ها مادر بزرگ برای خود چای می ریخت و کنار پنجره می نشست و دستهایش را با لیوان چایش گرم می کرد. سالها بود که این کار را می کرد. بدنش روز به روز سردتر می شد و او دستانش را با لیوان های بزرگتر چای گرم

می کرد.،آنشب مادربزرگ قلم و کاغذش را برداشت و داستانی را که برای نوه هایش گفته بود نوشت. شاید روزی قبل از آنکه مجبور باشند نوه هایشان را خواب کنند آن را بخوانند.

نزدیک صبح بود. به آخر داستانش می رسید. کاش می توانست آخر داستان را عوض کند. کاش ماهی هرگز نمی فهمید که ماهیست کاش هرگز به آب نمی پرید. کاش دوستانش دوست مرده خود را در آب رها می کردند و رنج بیرون کشیدنش را بر خویش و درد دوباره غرق شدنش را بر او تحمیل نمی کردند. اما داستان مادربزرگ دیگر نوشته شده بود.

و صبح که نوه ها بیدار شدند مادر بزرگ با قصه هایش به آب پریده و غرق شده بود و نوه هایش می کوشیدند ...

## *A story that the smallest grandchild of grandma, read to her grandchildren*

"With no hesitation, the fish jumped into the water. Considering being a fish is enough to be a good swimmer, but he drowned. His friends took each other's hands and made a long chain to take him out of water. But he was already dead. They cremated him and left his ashes into the water. So the poor fish drowned again".

Kids were asleep. The grandma turned off the lamp and left the room. She knew lots of stories but children had always fallen asleep before they hear the endings. Maybe it was better for them. Listening to the whole story would give them insomnia, and the kids needed to sleep. But the grandma couldn't sleep since she had known the end of all stories. She knew that no matter how many times we get the drowned fish out of water, he is dead any way. So the poor fish would drown again. It is out of his authority.

The grand ma poured a cup of hot tea for herself and sat near the window. She warmed up her cold hands by holding hot cups of tea. Years after years as her hands became colder; she had to use bigger hot cups to warm them up.

That night the grandma decided to write down the story, wishing her grandchildren would read it to the end before they had to make their own children asleep.

It was almost morning and the story had almost been written to the end. She wished that she could change the ending; she wished that the fish had never jumped into the water. She wished that his friends had left his dead body in the water and didn't try a useless attempt to save him. But the stories can't be changed.

In the morning when her grandchildren woke up, the grandma with all her stories had been jumped into water and their grandchildren was trying to ...

# سفر

از تختخواب بیرون آمد و پشت میزش نشست. خیلی خسته بود اما یک کاغذ بی خط برداشت و سعی کرد شروع کند. از کجا؟ از کجا باید شروع می کرد؟ از روزی که شروع شده بود. اما چیزی یادش نمی آمد. نمی دانست از کجا شروع شده بود. کمی کاغذ را خط خطی کرد بعد چشمهایش را بست و نوشت.

"وقتی به دنیا آمد محکم به پشتش زدند و او گریه کرد. بعد گفتند دختر است. وقتی بزرگتر شد، خودم هم نمی دانم از چه زمانی حرف می زنم چون او همیشه بزرگ بود، با یک چمدان فرستادندش تا مرد شود و او رفت و عاقبت زن شد و برگشت.

یک روز جمعه که هوا سرد بود و همه دور هم جمع شده بودند، او هم بود. مثل همه روزهای تعطیل دیگر بود فقط یادم هست که چای قند پهلویش خیلی چسبید و انگار این آخرین صحنه از آن خانه بود که به یاد دارم. یک لیوان چای گرم در یک بعد از ظهر ابری از یک روز سرد.

بعد دختر رفت. رفت تا سرنوشتش را پیدا کند. آنوقت من هم کاغذ بی خطم را بیرون آوردم تا بنویسمش.

اوایل دختر از تاریکی می ترسید. شب که شد رفت و جایی اتاقی گرفت. یک اتاق کوچک با یک تخت فلزی که جیرجیر

می کرد. دختر تا صبح بیدار بود و به سروصدای تخت گوش می کرد. صبح که شد دیگر نمی ترسید. بلند شد و رفت پی سرنوشتش و من باز خط خطی کردم. دختر همه کوچه های شهر را گشت و آخر به این نتیجه رسید که سرنوشتش هرجا که باشد توی آن شهر نیست. رفت و بلیط اولین پرواز را گرفت. نپرسید به کجا چون نپرسیدم. شاید هم باید می پرسیدم.

خلاصه دختر در شهر جدید از هواپیما پیاده شد و باز براه افتاد و شهر را گشت. اما سرنوشتش را آنجا هم پیدا نکرد. برای همین باز هم سفر کرد. دیگر نپرسید به کجا چون هیچوقت این را نپرسیدم. باور کنید مهم نبود.

او بارها و بارها در شهرهایی که اسمشان را نمی دانم و خودش هم احتمالا دیگر یادش نمانده، از قطار و هواپیما و اتوبوس پیاده شد و همه جا را گشت.

یک روز در یکی از این شهر ها به یک رهگذر برخورد که او هم گم شده بود، بعد یک نوزاد در یکی از بیمارستانهای شهر بدنیا آمد و من چون ندیدم این میان شکم کسی بالا آمده باشد بی خیال فرضیه زن و مردی شدم.

خلاصه داشتم می گفتم، دختر که دیگر حالا پیرزن شده بود، یا شاید هم پیرمرد، نمی دانم، من که بالاخره نفهمیدم، یک روز در شهری از قطار یا اتوبوس یا هواپیما پیاده شد. هوا آن روز خیلی سرد بود و او آرزو کرد که کاش جای گرمی داشت و می توانست بنشیند و استراحت کند و چای گرمی بخورد. یادش

آمد خیلی وقت است آرزویی نکرده، خیلی احساساتی شد و چون می دانست چیز زیادی از عمرش نمانده خواست این آرزویش را برآورده کند. برای همین رفت و بلیط اولین پرواز را گرفت و به صحنه اول برگشت. به همان جا که خانه گرمی داشت و چای گرم بعدازظهر به دهانش مزه کرده بود.

وقتی رسید یک لیوان بزرگ چای داغ برای خودش ریخت و کنار بقیه نشست. هوا هنوز سرد بود و همه جمع بودند. کسی از او نپرسید این همه وقت کجا بوده و او هم چیزی نگفت. برای همین من هم چیز بیشتری نفهمیدم. شما هم دیگر چیزی نپرسید."

# Journey

I Woke up to write a short story, sat at my desk, took a white paper and dazed for almost a long while. However I had no clue how to begin then, probably from the beginning of it, but I had never known how it exactly began. Scribbled random things on my paper, and then started the story. This is the story of someone I knew.

"When she was born, a voice said "she is a girl". When she grew up, I don't know what age I'm mentioning to; because she was always a grownup. they sent her with a backpack to become a man. She left, and in the end, she came back as a woman.

It was a cold morning and the family was gathering together drinking tea. It was just like every other holidays, the only thing I could remember from that evening was that the warm tea appealed to me. That was the last scene I remembered from where I called "home".

The other morning she woke up, and left home to find her destiny and learn to seize the day.

I started to write the story then. You would never know if this story is true or invented, I have no way of telling too. It was all information she had volunteered. I had no way of verifying any of it, but I can think of no reason to doubt her.

She spent her first night in a small room in a small motel; she had Nyctophobia so she was awake all the night, and sleep didn't come until the morning sunlight crept into the room, dissolving the dark. After that her phobia was gone with no particular reason.

She started to discover the new city seeking for her destiny, she walked every single valley of the city, after a while, she got that anywhere her destiny was; it was not there. So she got the ticket for the next train. She had never revealed the name of the cities she was going to, and I didn't ask.

Anyway, she got off the train in a new city and started to seek for her destiny but she couldn't find it there. So she hit the road again. Don't ask me about her destination, because I had never asked, I was not overly concerned, believe me, there is no need for you to know too.

After that, in new cities which I don't know the names and she had probably forgotten too, she got off the plains and trains and buses again and again, to accomplish the same end, "nothing".

One day in one of those cities she met a guy who was lost too, a baby was born then. And because I didn't see a baby bump that testify to a woman pregnancy, I have no clue if the girl of my story became a woman or a man and I gave up dubbing her a sexual title.

Anyway, at one point in her life, when she became an elder, one day in a train station, when the weather was so cold and misty, she wished to go to a warm place that she could stay and take a rest, and could drink a glass of hot tea with people she knew. She noticed that she had not

made a wish for so long, so as long as she was so old to waste the time, decided to make this wish happen, so bought a ticket for the first train and got to the first scene of the story, to the home that she left to find her destiny years ago.

When she arrived, poured a big glass of hot tea for herself and joined the family. The weather was cold exactly like the day she left. And everybody was gathered together in the holiday afternoon. Nobody asked anything, seemed nobody even noticed her absence. She decided not to mention it too, so I didn't ask a thing. There is no need for you to know more, is there?"

## ساعت

عقربه های ساعت سریع می چرخید. می توانستم خود را به چرخشش بسپارم و بروم به یک جای دیگر از این زمان بظاهر مستقیم. بروم عقب به یک روز خوب و بعضی روزهای خوشم را دوباره زندگی کنم. می توانستم بروم و بعضی تصمیم ها را عوض کنم. می توانستم بعضی از دست رفته ها را دوباره داشته باشم. می توانستم بپرم به یک جای خیلی دور، به یک زمان دیگر، به من در یک تن دیگر.

می توانستم آن ساعت لعنتی را دستم کنم و بروم به آن سالهایی که کودک بودم. به آغوش مادرم بروم و شیر بخورم و حرفهای شیرینش را بشنوم و نوازش شوم. می توانستم بروم و بازی کنم. به آن روزهایی بروم که بستنی خیلی خوشمزه تر به نظر می آمد. به آن روزهایی بروم که اولین دوچرخه ام را خریدم. به آن روزهایی بروم که شاگرد اول بودم و همه عاشقم بودند.

می توانستم هر جای این خط پیاده شوم. بروم به روزهایی که عاشق بودم و به چشمهایش نگاه کنم. به آن خط کوچک کنار چشمهایش وقتی می خندید و همه پیاده روها را با او قدم بزنم. بگذارم نگاهمان کنند و من باز ببوسمش. می توانم برگردم و عاشق نشوم. یا عاشق یکی دیگر شوم، یا دوتا یا هرچند تا که دلم بخواهد.

23

می توانم بروم به روزهایی که خواب بودم و آب خیلی چیزها را با خودش برد. می توانم بروم و بیدار شوم.

می توانم قدر بعضی چیزها را بیشتر بدانم. اگر بخواهم خیلی کارها می توانم بکنم که پولدار شوم.

می توانم بروم به ایستگاهی که تو پیاده شدی و دستت را بگیرم.

حتی می توانم بروم به آن زمان که تخمک بودم و شانسم را با یک اسپرم دیگر امتحان کنم. با یک ساعت با عقربه هایی که اینقدر سریع می چرخند خیلی کارها می توانم انجام دهم. حتی شاید بشود چندین بار در یک ایستگاه پیاده شد و بعضی کارها را آنقدر امتحان کرد تا بهترین را پیدا کرد.

اما ساعت را که دستم کردم هیچ کدام از اینها را نمی خواستم. در یک چشم بهم زدن به ایستگاه رسیده بودم .

بی چمدان پیاده شدم.

من یک شروع دیگر می خواستم.

# The watch

"Where are we standing now? Where is the proper place for us in the world? We had tried to live in thousands different ways in thousands different lives and it had always seemed wrong. But what possible difference could it make to us. We don't even know if the life is a lie or a truth, a reality or an illusion, or a complicated patchwork of the two. Whatever the case, sometimes a dream can be the best life you've ever had. So if your dream is wonderful, don't wake up. Forget about "reality". Who cares about the reality? Live the dream, if it is a wonderful one".

The watch hands were running so fast, I could let it take me anywhere in this apparently straight line called time. I could go back to a past wonderful day. I could go and experience some of the best days of my life again. I could go back and change some of my decisions. Like wiping a blackboard, I could erase wrong

decisions. I could try again the opportunities that nocked the door once. I could flow to a far far place, a far far time. I could flow to a former life, in a former body.

I could wear that damn watch and flow to my childhood. I could sleep in my mother's arms again be caressed and nursed and could hear her sweet words. I could go to the days that ice cream tasted more delicious to me. I could go to the day my father taught me bicycling. I could flow to the days that I was a sweet little girl and everybody liked me.

I could drop off the life train in any station. I could live again the days that I was in love and look at his eyes again. I could look at that small lines webbing the corner of his eyes while laughing. I could walk all sidewalks beside him. And let everybody look at us kissing. I could go back and don't take the risk of falling in love. Or fall in love with someone else, or more.

I could get back all I had lost in the game of life; I could have the time that is gone forever, I could have them all back now.

I could appreciate things I didn't. I could make a lot of money and became a wealthy woman; it was not a great hardship with this watch.

I could go to the station that you got off my life train, and ask you to stay.

I could even go to the time that I was a tiny ovum and could take my chance with another sperm. With a fast watch like this I could do lots of impossible. I could re-enter same station several times and try some things as much as I want; to find the best way to do it.

But when I wear the watch I didn't want any of them. In a blink of an eye I was in the station I chose. I got off with no baggage.

I chose a new start.

# شهر شنی

"انگار مجبور بود بنویسد. نشست، چند کاغذ بی خط برداشت و شروع کرد. فقط شروع کرد. انگار همه چیز همانقدر بی اراده که خود او آغاز شده بود آغاز می شد. شاید ضرورتی نداشت که یکبار دیگر آغاز شود اما کرت فکر کرد حداقل او اینبار خودش اراده به آغاز کرده بود هرچند هیچ قسمت آنرا خودش نساخته بود."

پدر و مادر کرت یک نانوایی کوچک داشتند و او بیشتر اوقات خود را با بازی در یک ساحل شنی نزدیک نانوایی می گذراند. آنجا می توانست یک شهر شنی خلق کند، با معماری سبک کرت، ساکنانی با اخلاق کرت و با قوانین کرت. این برایش جاذبه ای داشت که هیچ جای دیگر پیدا نمی کرد. کرت در خانه خودش هم نمی توانست با سلیقه خودش زندگی کند. حتی اتاق او هم طبق سلیقه مادرش دکور شده و تحت کنترل مادرش بود. نگاهی به شلوارش انداخت که تا مچ پایش را می پوشاند تا موقع شن بازی زخمی نشود. البته این عقیده مادرش بود و کرت همیشه تسلیم می شد. اگر مبارزه می کرد مسلما قدرت مادرش بیشتر بود. به هر حال بازی با شلوار بلند از تنبیه شدن و ماندن در خانه برایش بهتر بود.

کرت یک پرنده داشت. آوازش همه شهر شنی را پر می کرد. پرنده روی درختی بالای شهر شنی لانه داشت. کرت او را

"پرنده من" صدا می کرد اما او حتی نمی توانست از پرنده بخواهد تا کمی برایش آواز بخواند و هیچ دخالتی هم در زمان رفت و آمد پرنده اش به لانه نداشت. حتی پرنده گاهی دانه هایی را که برایش می ریخت نمی خورد و با وجودیکه برایش حوضچه آبی در شهر شنی ساخته بود پرنده هرگز از آن آب نمیخورد. خلاصه اینکه پرنده کاملا آزاد بود.

کرت دیگر عادت کرده بود. به حکومت بر شهر شنی اش راضی بود. او در شهر شنی یک نانوایی داشت که یک پیرزن مهربان اداره اش می کرد. اسمش را "ادا" گذاشته بود. ادا یک پیشبند سفید داشت و همیشه به بچه ها کلوچه های مجانی می داد و زخم هاشان را می بست تا مادرهایشان بویی از شیطنتهای آنها نبرند. او یک کلیسا هم ساخته بود که یک کشیش روزهای یکشنبه در آن موعظه می کرد و همه او را "پدر" صدا میکردند. کشیش از همه رازهای شهر خبر داشت و گاهی در دادگاه شهر شهادتهایی می داد که هیچ بی گناهی محکوم نمی شد و مردم هم هیچ فکر نمی کردند که اینها را از کجا می داند.

او در شهر یک مدرسه هم داشت و یک معلم سی و نه ساله که تازگی درس ورزش را از برنامه بچه ها حذف کرده بود چون کم حوصله تر از آن بود که در هوای سرد زمستان در حیاط مدرسه با بچه ها تمرین کند. اما حداقل آنقدر محترم بود که

نمره های کم آنها را فقط با خودشان درمیان می گذاشت و به پدر و مادرشان اعلام نمی کرد.

او در شهر شنی اش یک رستوران داشت که فقط چیپس و پفک و بستنی می فروخت و یک اداره بهداشت که هر سال روز شوخی بزرگ جرات می کرد قوانین کرت را بهم بزند و رستوران را تعطیل کند. اما فردا در دادگاه شهر ناچار می شد اعلام کند که این کار فقط یک شوخی بزرگ بوده است.

...

دیگر ظهر بود و قوانین کرت جای خود را به قوانین مادر می داد و کرت ناچار بود به خانه برگردد. آنجا صابون و آب گرم و حوله تمیز و ناهار مقوی و خواب بعدازظهر منتظرش بود، اما بعد کرت باز آزاد بود تا حکومتش را در شهر شنی ادامه دهد. شلوار بلندش را پوشید و از خانه بیرون رفت.

آنروز وقتی به شهر شنی اش برگشت همه شهر بهم ریخته بود. بچه های شهر گریه می کردند چون آقا معلم به آنها نمره کم داده بود. مادر ها به دادگاه شهر شکایت کرده بودند و کشیش به نفع معلم شهادت داده بود. بچه ها هم پنجره های مدرسه را شکسته بودند و دادگاه همه پول توجیبی آنها را بابت خسارت به مدرسه گرفته بود. بنابراین تنها رستوران شهرکه تنها مشتری هایش بچه ها بودند، ورشکست شده بود و اداره بهداشت هم که کار دیگری نداشت  تعطیل شده بود و شهر

شنی پر بود از آشپزها و گارسونها و کارمندها و شاگرد مدرسه ای های بیکار که مدام باهمدیگر دعوا می کردند.

دیگر کشیش هم خوب را از بد تشخیص نمی داد اما برای اینکه او را هم از کلیسا بیرون نکنند به دادگاه می رفت و شهادت می داد. زندانهای شهر پر شد و دادگاه مجبور شد شهروندان خطا کار را از شهر شنی تبعید کند و شهر مدام خالی تر شد. زندانی ها هم دیوارهای شنی زندان را سوراخ کردند و به خارج شهر فرار کردند و آخر همه شهر خالی شد . دیگر فقط کشیش مانده بود و قاضی و چون قاضی از آنچه پیش آمده بود حسابی عصبانی بود همه تقصیرها را به گردن کشیش انداخت و او را محکوم به شهادت دروغ کرد و کشیش را هم از شهر تبعید کرد.

قاضی مانده بود و یک شهر ویران که کرت رسید. کرت ناراحت و عصبانی شده بود و نمی دانست چکار کند. اما قاضی هیچوقت شخصیت مهمی برای او نبود. کرت حوصله نداشت تا درباره قاضی تصمیم بگیرد. او را به حال خودش در شهر شنی رها کرد و به خانه برگشت. چوب ماهی گیری اش را برداشت و به طرف رودخانه دوید.

کرت آن موقع ده ساله بود. بعدها او درس خواند و پیشرفت کرد وآدم مهمی شد.

کرت حالا یک قاضی شده است.

# The sand city

"He needed to write. Sat at his desk and took a white paper and started. Based on no grounds, his writing was started. It just started for no reason, like lots of other things in the world, just like his existence. But he was lucky this time because he could start something himself. Even though it was not really creating by him, more like it was coming fluttering down from the sky, and he just could catch it".

kurt's parents ran a small bakery. There was a sandy beach near the bakery. He usually spent his free time there building a sand city, it was his great joy. Kurt couldn't live his own life as he wished to, even at his own home. His room, the way he clothed up, and lots of other things about him was under his mother's control. Looked down to his pants, he preferred to wear shorts but he had to wear those pants because his mother wanted to. kurt always obey her mom, not because she knew the best, but because he

would lose if he disobeyed. His mother had the power in their home and he preferred to wear pants rather than staying home as punishment.

At the sand city, that was his domain. Kurt had a small bird. The bird was usually sitting on a tree and singing. Kurt called her "my bird" even though he couldn't even ask her to sing for him, or couldn't control when she entered or left the sand city. The bird usually didn't eat the seeds he spread for her in the sand city and even though he had built a water pond for her, she never drank water there. She was a free bird and kurt was used to it.

He was satisfied with running his sand city. He had built a bakery in there and a kind old woman was running it, he called her "Eda". Eda used to wear a white apron and made delicious cookies. Children loved her cookies, and they loved Eda. Eda loved children too; she took care of their injuries when they got hurt while playing football. He had built a church in which a priest prayed with people on Sunday mornings. Everybody in sand city called him "father" and

they trusted him. The priest knew all the secrets of the people in the city, and when it was needed, he testified before the court, so no innocent was convicted in the sand city's court. People had never figured out, how he was aware of all those secrets.

He had built a school in the sand city too. Since it was a small school and it had just few students, a thirty nine year old teacher managed it alone. Recently because of cold weather, the teacher swapped the sport seasons for math. Children didn't like it but they ignored it because at least it was respectable that the teacher never reported their bad scores to their parents.

He had built a restaurant in the sand city which served French fries and ice cream- just French fries and ice cream. He had also built a health department in the sand city. Once a year in April Fools' Day, the health department dared to close the only restaurant of the city for junk foods, and the next day they had to say that was just a big

jock. That's why the restaurant had continued serving French fries and ice cream.

It was noon, kurt had to go back home and his rules would be replaced by his mother's rules. At home a delicious lunch and a hot bath with clean towels and afternoon rest would be waiting for him. After that he could wear his pants and go back to his sand city.

That day, when he got there, he saw the sand city became a mess, children were crying, because the teacher put a D mark under all their exam papers and reported it to their parents. Parents had complained to the court and the priest testified against them so the students were convicted in the court. The angry children broke school's windows and the judge vote that the teacher can get children's allowance for one month to repair the windows. So the only restaurant in the city that children were its only costumers went bankrupt.  And the health department had nothing more to do, so the waiting staffs and chefs and health department employees lost their jobs. And the sand city was

full of unemployed people and angry students that were fighting together for any reason.

The priest couldn't determine between good and bad anymore, but for not laying off from the church, testified in the court anyway. The prison of the city became full soon, so the court barred guilty people from the city. This way, the sand city became empty soon. The prisoners broke the sand walls of the prison and escaped from the city.

In the end, the city became empty; it was just the priest and the judge. And because the judge was angry about all that happened, voted that it's all the prier's fault and he convicted the prier for incorrect testimonies and barred the priest from the city too.

So it was just the judge and a ruined city when Kurt arrived. He became disappointed and angry about all that happened and he didn't know what to do.

The judge was never an important person for him, he was boring. Kurt didn't want to make a

decision for his life, so he just left the sand city the way it was. He went back home and took his fishing stick and went through river to get some fish for dinner.

Kurt was ten then, after that he graduated and became an import man.

He is a judge now.

# یک آدم معمولی درست مثل خود من

نمی دانست از صدای انفجار بیدار شده یا گریه دخترش که خودش را به سرعت به تخت آنها رسانده بود و جیغ می کشید. خودش از ترس می لرزید اما دنیا را بغل کرد و تکرار کرد "چیزی نیست". شاید اینطور می خواست خودش را آرام کند. حرفهایی از احتمال شروع جنگ شنیده بود اما آیا این صداها، صدای جنگ بود که در کوچه فریاد می کشید. چه کسی باور می کرد که واقعا یک جنگ دیگر شروع شود.

دخترش را بغل مادر داد و تلویزیون را روشن کرد. همه کانالها از شروع جنگ می گفتند. واقعا صحبت از همین انفجار ها بود که پشت در خانه از خیابانهایی که هر روز در آنها رفت و آمد می کردند شنیده می شد؟ از پنجره نگاهی به خیابان انداخت. کمی دورتر چند ساختمان فرو ریخته و آتش گرفته بود. آدمهایی در حال مرگ بودند که شاید دیروز کنار او در اتوبوس نشسته، یا سیگارشان را با سیگار او روشن کرده بودند.

خدای من! باید چکار میکرد؟ آیا کشور توانایی تحمل این جنگ را داشت؟ اگر شکست بخورد و حتی اگر پیروز شود، ما آنقدر زنده نمی مانیم که آبادی دوباره اش را ببینیم. البته اگر از جنگ جان سالم به در ببریم.

دخترش را نگاه کرد که یک لیوان شیر و بیسکویت دستش بود و صبحانه می خورد. زندگی هنوز هم جریان داشت. همسرش وسایل ضروری را داخل کیفی می گذاشت، مقداری غذا و آب و لباس گرم. بدون اینکه حرفی بزند رفت تا به همسرش کمک کند. جنگی که پشت پنجره پرخاش می کرد برای وارد شدن به خانه اجازه نمی گرفت. تا دیر نشده باید می رفتند. آماده که شدند برگشت و نگاهی به خانه انداخت. شاید هرگز دیگر آنجا را نمی دید. همه آن سالها در یک لحظه از جلو چشمش گذشت. او و همسرش برای خرید این خانه سخت کار کرده بودند، چه شبهای خوب و بدی را آنجا کنار هم گذرانده بودند. حالا که می رفت و درش را می بست احساس می کرد دیگر بازش نخواهد کرد.

پدر و مادرش در یک شهر کوچک خیلی دورتر از جنگ زندگی می کردند. می دانست که باید به آنجا برود. از اینکه چندان جوان نبود و برای اعزام به جنگ حداقل به این زودی به سراغش نمی آمدند کمی احساس امنیت کرد.

باید خانواده اش را نجات می داد. دیگر چیزی برایش اهمیت نداشت. دنیایش را به آغوش گرفته بود و به سمت پارکینگ اتومبیل می دوید. باید عجله می کرد. باید دنیایش را نجات می داد. این تنها فکری بود که در ذهنش باقی مانده بود.

# An ordinary man like me

Waking up with a roar sound of explosion outside shocked him out. His daughter was crying next to his bed, He hugged her daughter "Donya" and said "there is nothing to fear" repeatedly. More like he was trying to calm himself down. He had heard about a probable war, but the sound that was screaming in the streets next to their house was a real war! Who could believe another war had happened.

He couldn't make her daughter stop crying, handed her to her mom and turned the TV on. Every channel was filled with images of collapsed buildings and black clouds of smoke around the country. They were talking about war. "These horrible sounds were they talking about?" He wondered.

He looked outside the window. Not so far from them, some buildings were on fire and collapsed and People were dying. Some People were dying outside that maybe yesterday walked past him or

shared the same elevator with him, or maybe lit their cigarette up by his lighter'.

"Would the country survive?" he wondered. Either they would win or lost, a war can never come up with any good ending. It would take more than he could ever hope to live to rebuild the damage a war could cause. But the decision had been made and even if the ordinary people had not been the one who made it, it's always them who pay the coast.

His daughter was calm now drinking a glass of milk with cookie for breakfast. It seemed like life was still going on. His wife was stuffing some necessary things with some food and water. Without saying anything started to help her. The war that was screaming outside wouldn't ask for permission to come in. they had to leave before it got too late.

When it was time to leave, he took a look back at his home. They might never return. It was as if an era came to an end. All that beautiful days passed before his eyes in a second, like he was

watching a movie in fast-forward. Remembered the day that they had bought the house, so beautiful days they had there. And now that he was closing the door, he felt that he would never open it again.

His parents were living in a small town far from the war. He knew that he should go there. He was happy that he was not so young and it would take a while to be called for war by military. This made him a little secured.

He had to keep his family safe and nothing else would matter. He hugged his "Donya" and hurried to the car. If need be, he would even risk his life to protect his "Donya" even if the sky fell or the earth cracked open. That was the only voice recalled in his head. That was his responsibility.

# پرنده مادر

خرس پشمالو کنار پنجره نشسته بود و گنجشک را نگاه می کرد. گاهی یک تکه کاه یا چیزی شبیه آن به نوکش بود و بالای بام گم می شد، باز می رفت و با تکه ای خاشاک دیگر بر می گشت.

از گنجشک پرسید: چه می کنی پرنده؟ پرنده گفت: خانه می سازم. یک جای نرم که تخمهایم در آن جوجه شوند. خرس گفت: پوست من خیلی نرم است. جایی هم نمی توانم بروم و کاری هم ندارم. از صبح تا شب همینجا نشسته ام و اطراف را نگاه می کنم. اگر دستهایم را حلقه کنم یک لانه نرم برای تو ساخته می شود. بیا ببین چطور است.

پرنده پایین آمد و بر دستهای خرس پشمالو نشست. خیلی نرم و راحت بود. اما پرنده می ترسید نکند بلایی سر جوجه های نازنینش بیاید. بالاخره با اصرار خرس قبول کرد. بعد از اینکه چند روز خرس پشمالو را زیر نظر داشت کم کم به او اطمینان کرد و بر دستهای او نشست و تخم گذاشت. خرس پشمالو خیلی هیجان زده بود. او هیچوقت بچه ای نداشت. حالا که می توانست از تخم های یک پرنده کوچک نگهداری کند خیلی خوشحال بود. دستهایش را محکم حلقه کرد و پرنده بر آن نشست.

پرنده هم خوشحال بود که وقتی برای خوردن غذا می رود خرس پشمالو از تخم هایش مراقبت می کند. گاهی خوردن غذا را کمی طولانی تر می کرد و گشتی در اطراف می زد. چقدر با کمک خرس پشمالو کارها ساده تر بود.

یک روز صبح پرنده پرید. قرار بود با دوستانش به گندمزار بروند و دانه های تازه و خوشمزه ای را که بعد از درو باقی مانده بود بخورند. پرنده مثل همیشه تخم هایش را به خرس پشمالو سپرد و رفت که زود برگردد. اما پرنده ها خیلی خوش می گذراندند و خیال او هم از بابت تخم ها راحت بود. تا شب با پرنده ها این سو و آنسو پرید و دانه خورد. شب که به خانه برگشت جوجه هایش سر از تخم بیرون آورده بودند. او مادر شده بود. پرید و جوجه هایش را در آغوش گرفت. اما جوجه هایش از آغوشش سر می خوردند و در پشمهای خرس پشمالو پنهان می شدند. نگاه پرنده غمگین شد. وقتی او نبود جوجه ها در آغوش خرس پشمالواز تخم بیرون آمده و به جستجوی مادر خود بودند. حالا خرس پشمالو مادر شده بود.

# The mother bird

Teddy bear was seating by the window all day long, watching the flying bird. She was flying around, coming back with a tiny straw or something like that in her small beak, and tacking it somewhere on the roof.

The teddy bear asked gently: "what are you doing little bird?"

She answered: "making a nest for my chicks, a soft, warm and secure place to keep my eggs and raise my chicks.

The teddy bear said: "I have very soft fur and if I make a ring with my hands it would become a soft and warm nest for your eggs. I am always sitting here all day long and have nothing to do; it would be my pleasure to help you".

The bird flew and sat on his hands. It was really soft and comfortable for her chicks, but she couldn't trust the bear and accepting this might

jeopardize the safety of her eggs, she was afraid to accept it.

The teddy bear was insisting and it was perfect to have somebody's help. After giving it some thought, she finally accepted. But she hesitated for some days and kept her eyes on teddy bear, finally she found him so harmless and she gradually relaxed and one day she sat on his hands which was ringed like a nest and dropped three beautiful small eggs. The teddy bear was so excited watching the eggs on his hands. He was endowed with the warm breath of life. He had never had a child and it made him so happy to help taking care of somebody's eggs. He took care of them with such apparent joy and kindness.

The bird was happy too; it was perfect to take some time off, knowing that somebody would take care of her eggs when she flew for food or water. Sometimes she made her flying longer and flew far to take a rest. Everything was easier with the teddy bear's help.

It was a beautiful morning that the bird decided to fly to a far farm and eat some fresh seeds. Like every other morning she left her eggs with the kind bear to be back soon. But the weather was so wonderful and the seeds were so delicious and it was so fun flying with other birds, more than that, thanks to the kind bear, she had no worry about her eggs. So she flew far and far with other birds, time shot by so fast and it was almost night that she got home.

When she got home, she found her eggs broken. Her chicks were born. They seemed so healthy and so cute. They were the most beautiful creatures she had ever seen. She round her wings around her chicks and kept them close, but they hid themselves from her in the teddy bear's fur. Suddenly her eyes turned sad. Her chicks were born in teddy bear's arms looking for their mother, and she was not there.

Now the teddy bear became a "mom".

# هزار راه

کانون اولین نفری نبود که برای مسابقه دعوت شده بود. عکسی از کف دستش گرفتند و او فردا صبح باید در هزار راهی که از مدل دستش ساخته شده بود مسابقه می داد و به آن طرف می رسید. بعد می توانست یک بار دیگر در جشن پیروزی اش شرکت کند.

کانون به راه افتاد. چیزی با خودش برنداشته بود. فکر کرد برای ناهار جشن مفصلی آن طرف هزار راه برایش ترتیب خواهند داد چون او حتما برنده می شد و تا ظهر به آن طرف هزار راه می رسید.

ذهنش متمرکز بود وسعی می کرد همه حرکاتش را به خاطر بسپارد. یک نقشه ذهنی از مسیری که طی می کرد در ذهنش می کشید و همه حواسش به راه بود. کانون دونده استقامت بود، کفش کتانی راحتی هم داشت، مغزش هم خوب کار می کرد. پس تا ظهر باید به آن طرف هزار راه می رسید و مسابقه را می برد. حواسش را به کارش داد و پیش می رفت، چپ، راست، مستقیم، راه انحرافی، ده متر، بیست متر، صد متر، چپ، راست و همه جا شبیه هم بود. اما کانون به خودش اعتماد داشت، او قبل از این در هیچ مسابقه ای شکست نخورده بود.

48

هوا گرم می شد و سایه کانون کوتاهتر و کوتاهتر می شد. کانون کم کم گرسنه می شد، نقشه راه دیگر در ذهنش بهم ریخته بود. دیگر نمی توانست تخمین بزند که به کدام سو باید پیش برود، اما او غریزه ای داشت که همیشه هدف را بو می کشید و او را از کوتاهترین مسیر به سمت پیروزی هدایت می کرد. او خوشبین بود و فکر می کرد هدف جایی در همان سویی است که او پیش می رود. اما سایه اش کم رنگتر و کم رنگتر شد و او خسته تر و گرسنه تر و هنوز به جایی نرسیده بود.

به باقی شرکت کننده ها فکر کرد. آنها هم حتما به یکی از دیوارهای شبیه به هم هزار راه خودشان تکیه داده بودند و فکر می کردند چرا حداقل پیش از مسابقه به آنها اعلام نشده بود تا غذا و لباس گرم همراه بردارند. اما کانون قوی تر از این حرفها بود. یک گوشه نشست. جیبهایش را گشت و یک شکلات بزرگ پیدا کرد. کمی از آن خورد و همانجا خوابید.

. . .

" کانون سالها بود که اصلاح نکرده بود. موهایش خیلی بلند شده بودند و ریشش هم دست کمی از آن نداشت. او پیر و لاغر بود و ناهار چند سوسک مرده و علف خورد شده داشت. او سالها بود با کسی حرف نزده بود و دیگر زبان خودش را هم به سختی به یاد می آورد چه برسد به زبان دوم و سوم و آنهمه چیزهایی که بلد بود. اما او به این چیزها فکر نمیکرد. راستش

دیگر عادت نداشت درباره چیزی فکر کند. فقط نگاه می کرد و
می رفت..."

...

از تابش خورشید توی صورتش ازخواب بیدار شد. یک روز
جدید توی صورتش لبخند می زد. بلند شد، نگاهی به خودش
کرد و دستی به صورتش کشید. هنوز تمیز و صاف بود و
لباسهایش نو بودند. چرا چنین خوابی دیده بود. شکلاتش را
درآورد و برای اینکه به خودش ثابت کند هنوز در تمدن
زندگی می کند و جایی برای نگرانی نیست یک گاز بزرگ به
آن زد و به راه افتاد. امروز دیگر به آنطرف هزار راه می
رسید و همه چیز تمام میشد. سعی کرد مثل دیروز سرحال
باشد اما نمیشد. شاید هنوز به فکر خواب دیشب بود.

دیگر به برنده شدن فکر نمی کرد، این همه مسابقه دادن به
نظرش مضحک می رسید. او یک دونده خوب بود حتی یک
دونده عالی، یک دونده استثنایی، اما دیگر به نظرش مضحک
می آمد که مسابقه می گذاشت و جام می گرفت. چرا به دویدن
هر روز صبح در پارک اکتفا نکرده بود، چرا لذت دویدن را با
جام گرفتن تقسیم کرده بود. سعی کرد فقط به دویدن فکر کند و
از آن لذت ببرد اما ترسید مسیر را بیشتر گم کند و دوباره
خودش را جمع کرد. دیگر نمی دانست به کدام طرف برود،
اعتمادش را به غریزه اش هم از دست داده بود. فقط به رسیدن
فکر می کرد و اینکه این بازی مسخره را تمام کند و به خانه

برگردد و روی تخت نرمش استراحت کند و غذای گرمی بخورد. فکرکردن به غذا اشتهایش را تحریک کرد و او فقط کمی شکلات داشت که نه می توانست همه آنرا بخورد و نه می توانست گرسنگی اش را فراموش کند.

چقدر امروز به چیزهای احمقانه فکر کرده بود، به چای، به غذا، به تخت راحت، به آخرین گاز شکلات، به صورت اصلاح شده، به ناهار گرم. سعی کرد یکبار دیگر افکارش رامتمرکز کند و به حس جهت یابی اش اعتماد کند. اما باز سایه اش از او رد شد و کمرنگتر و کمرنگتر شد و او به جایی نرسید.

عصبانی بود، خیلی عصبانی بود. تصمیم گرفت به محض رسیدن به دلیل درست اعلام نشدن شرایط مسابقه از مسولین مسابقه شکایت کند. یک شب دیگر روی زمین خوابیدن و با یک گاز شکلات سر کردن داشت بر اعصاب او مسلط می شد. اما چشمهایش را بست و خوابید و صبح همان خورشید پریروز و دیروز می تابید و به صورتش لبخند می زد. کانون فکر کرد چه خورشید احمقی، فکر کرد چه ماسک مضحکی زده و هر روز صبح نگاه می کند و لبخند می زند. از همه چیز بدش می آمد بخصوص این خورشید لعنتی که او را بیدار کرده بود.

دوباره به راه افتاد. به چیز دیگری فکر نمی کرد. فقط راه می رفت و آرزو می کرد زودتر به آخر برسد و بتواند همانجا یک

تاکسی بگیرد و به خانه برود. به یاد دو روز پیش افتاد، وقتی که وارد هزار راه می شد و احمقانه فکر می کرد برای ناهار آن طرف برایش جشن پیروزی خواهند گرفت.

دستش را توی جیبش کرد و تکه آخر شکلات را بیرون آورد و با یک گاز بزرگ همه آنرا خورد. حالا دیگر چیزی برایش باقی نمانده بود.

# The maze

Kanon was not the first volunteer for the game but he probably was one of the bests. He was an expert in playing games. They took some detailed pictures of his hand lines and made a maze of that for him.

This morning he stepped through the game, in the maze of his own hand lines. He estimated to finish it in few hours and celebrate another victory of him.

He was eager to finish the game till noon and be on the other side for lunch to celebrate his victory.

His focused mind concentrated on the paths. He could memorize it all like an alive map. He was a marathon runner, he had a decent pair of running shoes and his brain was a brilliant. So there was no way to lose the game. He concentrated and kept going, just stopped

several times to catch a breath, never for long though.

There was a guide line in his head, turning right then left, ten meters ahead, five meters to left… he just had to follow the signs and he would get there, but all paths were closely resembled.

Winning was no hardship for him at all, he had never lost a game before.

It was getting warmer and his shadow started to become shorter. It was almost noon and he was getting hungry. He overcame his hunger and kept going to finish the game with a vivid enthusiasm. But step by step the map he had made in mind almost became a mess. He couldn't estimate the correct direction anymore. But he was blessed with a talent that always traced the goals in the shortest way, a talent that yielded him to success, so he kept being optimistic, considering his goal is somewhere not far in front.

But his shadow started to fade away and he hadn't discovered a clue of any sort. Anyway, in

the weak light it was almost impossible to continue.

Squatted down to catch a breath and looked for something to eat in his pockets. Unfortunately, it was just a chocolate bar, fortunately a big one. it would do just fine for now.

Tried to imagine where other volunteers might be at the moment. They might have squatted down by one of these resembling walls too, thinking "What should be done now". On purpose or not, the game situation was not announced clearly.

Kanon was sort of tough man. He took a bite of his chocolate bar, laid down on the bare ground and fell asleep. The journey seemed to take days.

...

"His hair and beard were grown long. He hadn't shaved for a long and his clothes looked shabby. He was old and skinny. His lunch included some beetles and weeds. He hadn't talked to anyone for years and had almost forgotten his mother

language let alone the other languages he had known someday. Those brilliant days looked so far now."

…

Rays of morning sun shone through his face waked him up and yanked him back to reality. Morning sunshine was smiling into his face. He touched his face, it was still shaved and clean. Thank God, it was just a nightmare. He got a big bite of his chocolate bar to prove himself that he was still living in the civilized world and there was nothing to worry about.

Marshaled his strength to stand up and headed to find the way out. He had to finish the game today. He was trying to stay as energetic and optimistic as yesterday, but he couldn't. Maybe, it was because of the nightmare.

Winning was not his concern anymore. The game didn't make much sense to him. He was a great runner, but competitions and awards had become his goal these years. The joy of running was depended on competitions for him those

years. He started to run just to enjoy running, But he could lose his chance of survive, getting more lost in the paths. He just wanted it to be finished to get back home and live his life in peace without struggling up and down these paths with hunger. His mouth felt dry and he produced a loud gulp whenever he swallowed, and he was unable to withstand the pain of hunger any more. The only food he had was a half chocolate bar.

He tried to forget thinking about hungriness, unshaved beard, hot tea, and his favorite foods, and tried to be concentrated again. But his shadow faded again and he was still there in the same mysterious circumstances without a clue.

He decided to make an official complaint against the person in charge of the game for not clarifying the game condition. Spending another night sleeping on the bare ground with no bedding and sheets and eating just a bit of chocolate had overcome his patient. But he had no other choice, closed his eyes and fell asleep. In the morning the same sun was shining like

everyday. He hated the sun; he hated the walls around him. He hated everything.

He just had to continue. His mind was empty. It seemed almost impossible to figure out what the maze design was. Anyway, he had to go ahead, just walked and wished to reach the way out and he could take a taxi to go home and live his life in peace.

Remembered how optimistic he was two days ago when he started the game and estimated to finish it in half a day.

Took the rest of the chocolate bar from his pocket and ate it all in one bite.

Nothing was left for him anymore.

# پسر مومن بود

صبح زود از خانه بیرون زد. چرخ دستی اش را برداشت و براه افتاد. در همان مسیر همیشگی چرخ دستی اش را می برد. در آشغالها یا بهتر است بگوییم چیزهایی که بدرد صاحبانش نمی خوردند می گشت. پلاستیک ها و شیشه ها را برای بازیافت می برد و کمی پول می گرفت. گاهی هم وسایل بدرد بخوری پیدا می کرد، لباسهای از مد افتاده، کفشهای قدیمی .... اگر شانس می آورد می توانست بعضی ها را به قیمت خوبی به کسانی که نیازمندتر از او بودند بفروشد. البته نمی شود گفت که آنها نیازمند تر از او بودند اما او دلش می خواست اینطور فکر کند که خوشبخت است، دستش به دهانش می رسد و سقفی بالای سرش دارد که گرچه حلبی است و وقتی باران می بارد صدای بدی دارد اما باز یک سرپناه است.

از زندگی راضی بود. مرد مومنی بود، کار می کرد و امیدش به خدا بود. یک پدر پیر هم داشت که هر روز به او سر می زد. وضع پدرش هم بهتر از او نبود. نان اضافه نداشت که یک شب پسرش را مهمان کند. دیدار پسر از پدر هر روز با یک لیوان چای بدون قند همراه بود. اما دیدار پدر پیر برای پسر آرامش بخش بود. پسر هر وقت از تنهایی و کار سخت خسته می شد، می رفت و دستهای فرسوده پدرش را می فشرد و به چشمهای آرام پدر نگاه می کرد و از آرامش آن انرژی می

گرفت. پسر عادت داشت همه مشکلاتش را برای پدر تعریف
کند. پیرمرد کر و لال بود ولی پسر می پنداشت که پدرش همه
حرفهای او را می فهمد. هر چند هرگز نه سری تکان می داد
و نه نگاهش تغییر می کرد.

آنروز صبح پسر مثل همیشه در خیابانها می گشت. سر راهش
ماشینی با یک چرخ پنچر ایستاده بود. در ازای پولی اندک
چرخ پنچر را تعویض کرد. راننده مرد شیک پوشی هم سن و
سال خودش بود که احتمالا می ترسید لباسش را موقع تعویض
چرخ کثیف کند یا دور از شأن خود می دانست در خیابان خم
شود و زحمت بکشد چرخ پنچرش را تعویض کند. البته این
شخصیت هر چه بود امروز شکم پسر را سیر کرده بود. اما
پسر دلی داشت که دیگر از همه این چیزها سنگین شده  و
گرفته بود.

لقمه ناهار به سختی از گلویش پایین رفت. پسر مومن بود، یاد
گرفته بود شکایت نکند. فقط زحمت بکشد و شکمش را سیر
کند و سپاسگذار باشد. اما آنروز طاقتش تمام شده بود. سراغ
پدرش رفت. کمی نگاهش کرد. دلش به حال او هم سوخت.
اینبار چای تلخش را هم نخورد و به خانه برگشت.

چاره دیگری نداشت. فردا صبح باز چرخش را گرفت و برای
سیر کردن شکمش براه افتاد. هنوز زیاد نرفته بود که یک
اتومبیل مسیرش کج شد و اتفاقا به پسر برخورد و مسیر او را
هم عوض کرد.

پسر درد داشت. آنقدر درد داشت که برای تسکین آن از حال رفت. مردم دورش جمع شده بودند. صدای آژیر آمبولانس می آمد. یک صدای خشک را شنید که گفت " تمام کرد".

بعد که چشمش را باز کرد دیگر دردی نداشت. فقط آن صدا در گوشش می پیچید و مدام تکرار می کرد "تمام کرد". خیابانهای اطرافش مانند قبل بود. چرخ دستی اش شکسته بود و همه وسایلش در خیابان پخش شده بودند. زمین پر از خون بود. ترسید. خواست چرخ دستی اش را حرکت دهد اما از دستش سر می خورد. رهایش کرد و براه افتاد. کم کم شب می شد اما احساس گرسنگی نمی کرد. آن صدا هنوز در گوشش می پیچید "تمام کرد".

دیگر باور کرده بود که مرده است. زیاد هم ترس نداشت. نمی دانست چه باید بکند و کجا باید برود. او مومن بود. حال که مرده بود باید نزد خدایش بازمی گشت. فکر کرد اگر خدا را پیدا کند تکلیفش معلوم خواهد شد. چشمهایش را بست. او دیگر مرده بود و برای پیدا کردن راه نیازی به چشم نداشت. رفت تا خدا را پیدا کند. به خانه ای رسید که می دانست خدا آنجاست. در زد و با احترام وارد شد. نباید چشمهایش را در حضور خدا باز می کرد. اما مگر کنجکاوی می گذاشت.

آرام چشمهایش را گشود. نمی توانست آنچه را می بیند باور کند. مگر امکان داشت.

خدا پدرش بود. همانطور پیر و فرسوده و همانقدر آرام.

# The believer

He woke up at six in the morning to get to work, at that time he could not imagine what was in front. His work was walking around and collecting the stuff people through as trash. He collected nylons and glasses in his cart to sell them to be recycled, or sell them to anyone who buy them; he earned his living this way. His best hope was that he would find some good things among the garbage that could be sold to poor people. If he was lucky he could make more money this way. He considered himself a lucky man. He could buy food, he had a home even though he lived in the slums and his roof made a bad noise while raining, but he had a shelter.

He was a believing man, he believed in God who watches over him all the time. All he had in the whole world was his belief and his old father. He used to visit him every night after work; it was like an old traditional habit for him. His father was a very old man; he was so poor that he

could welcome his son just with a cup of bitter tea. But the son felt so peaceful in his home. Any time he got tired of loneliness and hard work, visiting his father was the only thing that could help. Looking at his peaceful eyes and taking his kind hands could help him to forget about the rest of the world.

He used to talk to his father about everything. Even though his father was deaf, but the son believed that he could understand. However he made no reaction to his stories.

The morning started like all similar mornings; he was walking around to find something that could make some money for him. He saw a car with a flat tiered, stopped by the street. The driver was a handsome man almost in his age, but he seemed so different with an expensive suite. The poor man went closer and offered help. Changing the flat tire made a good reward. He could make a little more money this time but his heart was hurt by seeing all these differences in the world.

He was a believer and had learnt not to complain. Just work hard to have something to eat and be thankful. But today it was different.

He went to visit his father. He wanted to speak but the words did not spread. He even couldn't drink his cup of tea and went back home.

He had no choice, tomorrow morning he had to get back to the same job to have something to eat. So he pulled his cart to look for something useful in the garbage, he was thinking and pulling his cart passing a street, all of a sudden a car crash into him at full speed and changed his life.

He had pain - a lot of pain. So he collapsed to not feel it. People were surrounding him. He could hear the ambulance alarm becoming closer. The next thing he heard was an icy voice who said "dead".

He woke up to discover that he was dead. He had no more pain. The voice echoed in his head "dead". The street seemed as common as every day but his cart was broken and his stuff was

spread on the street. There was a lot of blood on the ground. It was an awful sight. He was scared. Tried to pull his cart but he couldn't. After repeated attempts and failures he gave up.

He began contemplating the fact that he was dead, he was not afraid of it any more. But he didn't know what to do and where to go then. He was a believing man, as far as he knew, he had to go back to his God after death. He headed to find him. He didn't need his eyes to find the way anymore, so he closed them and started to walk around to find God. He walked until he got there. He just knew it by heart that he got there. He knocked, the door swung open, he walked inside respectfully. He knew that he shouldn't open his eyes, but he was curious…

He opened his eyes slowly, couldn't believe what he was seeing. It was his father, as old and ill-formed as every day.

# چیزی نمانده بود پدر شود

روی صندلی نشست. تازه فهمید چقدر پاهایش درد گرفته بودند. به ساعتش نگاه کرد. بیشتر از یک ساعت بود که در راهرو قدم می زد و فکرمی کرد که آیا توانایی انجام این مسولیت را خواهد داشت؟ دیگر برای این حرفها دیر شده بود. چرا تا به حال به این مساله فکر نکرده بود. چقدر بچه بود. در این یک ساعت چقدر بزرگ شده بود. نه، دیگر زمان آن گذشت. انگار یک عمر پیر شده بود. بلند شد و کنار پنجره ایستاد. آن بیرون هنوز برف می بارید. همه زمین را پوشانده بود و هیچ مسولیت جان بی خانمان ها و یخ بندان جاده ها و تصادفها و دیر به مقصد رسیدن ها را بر عهده نمی گرفت. از سبکی برف لجش گرفت.

برگشت و برای هزارمین بار نگاهی به در بسته کرد، انگار سالها بود که بسته بود. کسی بیرون نمی آمد و خبری نمی آورد.

در این چند سال فقط سعی کرده بود تندتر بدود، مدتها بود که یک لحظه نه ایستاده بود تا کمی به خودش و اطرافش نگاه کند. کمی فکر کند. دفعه قبل که برای فکر کردن ایستاده بود چقدر کوچک بود. چقدر ناملموس بود. آیا آن پسرک خندان "من" بود؟ دیگر نمی فهمیدش.

به یاد پدرش افتاد. پدرش نصف روز را کار می کرد و نصف
دیگرش را هم یا با دوستانش شطرنج بازی می کرد یا
روزنامه می خواند یا می خورد یا می خوابید. یا درباره رنگ
چای، طعم نان و ظرف سوپ بحث می کرد. پدرش را دوست
داشت. پدرش هم روزی همانجا یا جایی شبیه آن ایستاده بود،
قدم زده بود، به ساعتش نگاه کرده بود و فکر کرده بود. پدرش
هم شاید می ترسید.

استحکام نفوذناپذیر در عصبی اش می کرد. آنطرف در آنقدر
درد و ترس بود که کسی فکر نمی کرد. سیگاری روشن کرد.
دود غلیظ و خوش بویی داشت، بویی آشنا. از فرو دادن آن به
درونش لذت می برد. چه لذت شرم آلودی. از حجم دود گرفته
اش به خود لرزید.

در باز شد. به سمت در دوید. یک موجود تازه خالی متولد شده
بود.

بدنش لرزید، تمام حجم دود گرفته اش انگار لذتی خودخواهانه
را می بلعید. حجم بزرگی از دود را فرو داد. فکر کرد، آن
موجود تازه خالی هم روزی با چنین حجم های بزرگ دود پر
خواهد شد؟! کودک بیچاره.

به طرف پنجره برگشت. با لبخند محوی به باریدن برف نگاه
کرد. دیگر نمی ترسید، فقط دوستش داشت.

# Just becoming a father

He sat silently on the bench, Just noticed that his feet were in pain. Looked at his watch, it was more than an hour that he was walking up and down in a five meter corridor in hospital, next to the delivery room, thinking if he is strong enough for this responsibility? All kind of terrible scenarios ran through his head. But it was too late for that. The book of life was turning pages.

Why he hadn't thought about it till then? Frankly, he was an immature boy till then. It seemed that he was grown up in those one or two hours behind that door. It was more like he got old in that one or two hour.

Siting still was hard in that situation. He opened the window and looked through. A wave of cold air chilled him to the bone. It was snowing out there, snow was covering all the ground and didn't take any responsibility neither for homeless dying from cold nor the car crashes in

icy highways. Looked at the delivery room's door again, it seemed like it was shut down for years, no one was coming out with any news.

Those years he was just passing the highway of life at full speed. He didn't stop once to take a deep breath and think and ask the guy inside him "what's up dude! ".

His dad was an ordinary man, he worked hard and spent his free time playing chess with his friends, reading newspaper, taking nap in front of TV, or talking about the weather and food. His hobby was good wine and delicious food. He loved his father though.

His father should have been in the same situation one day. He probably had walked up and down a corridor like this, looked at his watch each four or five minutes, and thought about these kinds of things.

His father was probably scared too.

The door was still closed. On the other side of the door, it was all pain and wouldn't let anyone think about anything else.

Lit a cigarette. The thick Smoke rising, smelled familiar. He enjoyed swallowing the thick smoke. It was a shameful pleasure.

The door got opened.

A new, still empty person was born.

Felt dizzy. His body swallowed a selfish pleasure. Thought, this clean and empty newborn would be filled with thick smoke like him, one day.

Poor baby!

But in a second, all that thoughts and fears were gone. He was just filled with a genuine sense of love for his newborn child.

# زنی که خانه اش را تصاحب کرده بودند

## یا

# زنی که فکر می کرد خانه اش را تصاحب کرده اند

از اتوبوس پیاده شد. فاصله ایستگاه تا خانه خیلی کم بود، در حد قدم زدنی کوتاه. آنروز خسته تر از همیشه بود. فکر کرد به خانه که رسید چای دم می کند و می نشیند، نه، لم میدهد، روی مبل راحتی بزرگش جلوی تلویزیون و باقی روز را استراحت می کند. توی این فکرها بود که به خانه رسید. در باز بود. وارد که شد چای تازه دم روی گاز بود و یکنفر جلو تلویزیون لم داده بود. زن غریبه بلند شد و یک لیوان چای برای خودش ریخت و با لیوان چای و یک شکللات بزرگ دوباره روی راحتی ولو شد.

وحشت کرد. نگاهی به اطراف انداخت. فرقی با روزهای دیگر نداشت. نگاهی به زن غریبه کرد. آنقدر راحت رفتار می کرد که انگار در خانه خودش بود و عادات روزانه اش را تکرار می کرد. جلو رفت و روی مبل کناری نشست و به زن غریبه خیره شد اما زن متوجه او نبود. مگر می شود. شاید نابینا بود. اما آنقدر دقیق سرگرم تماشای تلویزیون بود که نمی شد چنین پنداشت.

رفت و یک لیوان از همان چای تازه دم برای خودش ریخت و روبروی زن غریبه نشست. هرچه فکر کرد نمی توانست زن را به یاد آورد. همان سریال همیشگی که هر بعدازظهر تماشا می کرد در حال پخش بود. چیزی عوض نشده بود فقط یک زن غریبه انگار در خانه او خانه کرده بود.

یک شکلات از کیفش بیرون آورد و آنرا با دو گاز تمام کرد. بعد چایش را تلخ خورد و سرگرم تماشای تلویزیون شد و همانجا خوابش برد. وقتی بیدار شد دو ساعت گذشته بود. زن غریبه آنجا نبود. احتمالا فقط یک وهم عجیب بود به خاطر خستگی زیاد. به دستشویی رفت تا آبی به صورتش بزند، در را که باز کرد زن غریبه آنجا بود. معذرت خواست و در را بست. چرا از زن غریبه معذرت خواسته بود؟ هرچه باشد آنجا دستشویی او بود. از کار خودش لجش گرفت. تصمیم گرفت که به پلیس زنگ بزند.

چیزی نگذشت که زنگ در زده شد. زن غریبه به طرف در رفت. پلیس ها آمده بودند.

به سمت در دوید و فریاد زد: "آقایان من به شما تلفن کردم. اینجا خانه من است." اما پلیس ها به او توجهی نکردند. از زن غریبه پرسیدند که چرا به آنها تلفن کرده است و زن غریبه اظهار بی اطلاعی کرد. کارت شناسایی زن را دیدند و با چهره اش تطبیق دادند. چرا زودتر نفهمیده بود. جلو آینه رفت

و خود را تماشا کرد. بعد گواهی نامه و کارت شناسایی اش را در آورد.

این زن چقدر شبیه خودش بود.

فریاد زد:" او شما را فریب می دهد. اینجا خانه من است."

اما پلیس ها نشنیدند و خداحافظی کردند و رفتند.

عصبانی بود، به آشپزخانه رفت و یک قرص برداشت و همراه یک لیوان آب خورد. نفس عمیقی کشید و به طرف سالن برگشت تا اینبار خودش آن غریبه را بیرون کند اما زن آنجا نبود، سالنی هم در کار نبود، یک راهرو دراز زشت مقابش بود با چندین اتاق شبیه هم.

دو زن پرستار به طرفش آمدند و دستش را گرفتند و او را بطرف یکی از همان اتاقها بردند، او را روی تخت خواباندند و دو قرص دیگر برایش آوردند.

فریاد زد: " نمی خواهم اینها را بخورم. مرا کجا آورده اید. می خواهم به خانه خودم برگردم. یک زن غریبه خانه من را تصاحب کرده است".

اما هرچه می گفت آنها توجهی نمی کردند. قرص را با زور به او دادند و رفتند.

# A woman whose home was seized

## Or

# A woman who thought her home was seized

Bus station was only a short walk from her home. It was one of those bad days that we all might have sometimes and she was so exhausted. She wondered when she got home she would make some tea and would sit – Wait! No! She would lounge on her giant sofa in front of TV, just relaxing the rest of the day. When she got home, the door was open. She crossed the entrance hall and stepped through cautiously. The scent of freshly brewed tea was coming from kitchen; she poked his head through the kitchen and looked. Some fresh tea was cooking on the stove, but no one was there. She went slowly down the hallway; a woman was lounging on her sofa in front of her TV. She was shocked; the stranger stood up and went to the

kitchen, poured fresh tea in her ceramic mug and took a big chocolate bar from her cabinet then came back and lounged on her sofa again.

She couldn't believe what she had seen. She took a step back at first but pulled herself together and got closer to the stranger, stared at her carefully. The stranger didn't notice her; how could it be possible? Maybe she was blind. But she was watching TV so carefully with a slight frown creased her brow, which made it hard to believe that she was blind.

She was confused, went to the kitchen and poured a cup of the same tea for herself and took a chocolate bar from the same cabinet and sat in front of the stranger. She tried to remember her face, but couldn't. The same TV series that she used to watch every afternoon was on TV. Everything seemed to be as common as every day. Nothing had changed; just a stranger was added to her home.

She ate the chocolate bar with big bits, and then drank her bitter tea. Not much later she fell

asleep. It was two hours later when she woke up and found that, fortunately, the stranger was gone. It seemed she was awoken from a nightmare. She took a breath of relief and Went to the bathroom to splash some water on her face. As she opened the door she saw the stranger in her bathroom. She was freaked out, closed the door immediately; it seemed that the nightmare was still going on. She decided to call the police.

Not too long the policeman was there. The doorbell rang and the stranger opened the door. The policeman asked the stranger for the reason she called, but the stranger denied the call. With her voice as calm as possible she said "my guess is the address must be given to you by mistake". She continued that she lives by herself and nobody else is there.

The policeman checked the stranger's identification card, casting a dubious glance at her face, everything appeared to be correct.

" I called you, this is my house and I don't know who is this stranger and what does she do in my house", she said in a loud voice but the policeman didn't noticed. Quite ignoring her, the policeman left.

She gazed carefully at her face in the mirror next to the door; the reflection of her face in the mirror recalled something to her." The stranger looked exactly like her".

She was mad of anger. Went to the kitchen and took some pills. Took a deep breath and turned to face the stranger herself and kick her out.

But the stranger wasn't there. It was not even her home. It was a long corridor with several resembling rooms on both sides.

Two nurses got her hands and led her to one of the rooms. Laid her down on a bed and brought her two other pills.

She shouted" I want to go back home, a stranger had seized my home, I have to kick her out". But they didn't care. Just put pills in her pursed

mouth and forced her to swallow them; then left her alone.

# بالا

دستش را توی جیبش گذاشت و براه افتاد. هنوز نمی دانست به کجا می رود. اما هر جاده ای به جایی می رسید. آنقدر می رفت که یک مانع باعث شود به یک تغییر فکر کند.

مناظر اطرافش سبز و پرگل بود. فصل بهار بود و همه جا نشاط به هر صورتی که می توانست خودنمایی می کرد. چند عکس از مناظر اطرافش گرفت. چند جایی هم دفتر سفید کوچکش را بیرون آورد و با سیاه قلم خطوط رقصانی از گلها کشید تا یادگار سفرش باشند. مناظر پایان نداشتند. از چپ و راست سبزی به عمق خودش می رسید و خورشید تا انتهای خودش نوازشگر بود.

هنوز دستش توی جیبش بود و می رفت. کم کم حوصله اش از این همه طراوت سر می رفت. گلها به نظرش موجودات احمق کوچکی می آمدند که مدام می خندیدند. همانجا ایستاد. فکر کرد راه پایانی ندارد. همه اش تا انتها کسالت بار خواهد بود. به عقب برگشت، راهی پشت سرش دیده نمی شد. از کجا آمده بود؟ دوباره به جلو برگشت، در کمال ناباوری دید راه مقابلش پر از بیراهه های پهن و باریک شده، نمی دانست به کدام سمت برود. کاش همانطور به راه ادامه داده بود و به پشت سرش  نگاه نمی کرد. گیج شده بود. راه برگشتی هم نبود.

سرش را بلند کرد، خورشید داغ تر و داغ تر می شد. روی دو پا خم شد و به آسمان پرید. شاید آنجا هم راه دیگری بود.

# Up

Put his hands in his pocket and wordlessly started to walk through the road. No destination he had in his mind, but any road comes to an end, he would take the road until an obstacle emerged and made him to take a turn.

The ground was all covered with green grass and colorful flowers. The wind was rustling the grass slowly. It was spring and the nature was brilliant. The pure smell of wild flowers had filled everywhere; He took some pictures, and in some places made some quick drawings of the flowers around. It could be the best souvenirs of his travel. The sun was shining and the sceneries seemed endless.

He was still walking with his hands kept in his pockets and thought "even beauty becomes boring if it continues more than enough and that's one of the thousands magic of time", he was almost bored of all the beauties around. The flowers were changing in his eyes to some little

fool creatures smiling all the time. Stay stood, the road seemed endless and looked boring to the end.

Turned back and looked at the road he passed, but the road was disappeared. Where had he came from then?? Looked ahead again, but unbelievably the straight road in front became full of obstacles, Seemed like all the way he had passed was a mirage.

Maybe he should have never taken a look back, it seemed that it has broken the mirage he was sank in.

He was confused. There was no way to go. At least he couldn't see anything. He took a look up; the sun looked shiny and warm. Seemed he had found a new way up there. A shine came over his face.

Put his hand in his pocket again and jumped up…

# پرواز

پرنده گفت بیا باهم برویم. آن بالا به اندازه همه مان جا هست. دلم می خواست با او بروم اما نمی شد، من بال نداشتم.

ماهی قرمز داشت شنا می کرد. هیچ به فکر دنیا نبود. گفت می توانی بیایی اینجا توی آب، این پایین به اندازه همه مان جا هست. با خودم گفتم زندگی را سخت نگیر. کمی شنا بلد بودم. خواستم بپرم توی آب اما دیدم زبانشان را نمیدانم و آنها هم آنقدر مغزشان کوچک است که حتما زبان من را نمی دانند و فکر کردم در آب آنقدر صیاد هست که بهتر از اینجا نخواهد بود. آنها فقط آنقدر مغزشان کوچک است که حتی نمی دانند چقدر احمقند برای همین راحت و بی قیدند و این تنها فرقشان با ماست.

پرنده هنوز منتظر بود تا من تصمیم بگیرم. او آنقدر کوچک بود که نمی توانست بلندم کند. اما احمق نبود و می توانست خیلی چیزها یادم دهد. فقط مشکل این بود که پریدن را بلد نبودم.

از درخت بالا رفتم، تصمیم گرفتم بپرم. یا پرواز می کردم یا می مردم.

# Flying

"Do you want to fly?" The bird asked.

"There is always enough space up there in sky" she continued.

Really amazed me, but seemed impossible. For me it was like that "No wings no fly".

The little fish was swimming in the water, looked up. I bet there was nothing for them to think about down there, Dawn to dusk, they just born and bred and eat until they die.

"Just jump into the water" the little fish said.

"There is enough food for all of us here, more than we could ever hope to eat". The little fish continued.

I wondered, "Take it easy man, I am a born swimmer. It would be so easy for me to swim. I would live my life in peace down there". I decided to jump, but hesitated for a second. I didn't know their language, and they were more

stupid to know mine. More than that, the sea had lots of master hunters and life couldn't be any better down there. The only difference was that they were more stupid even to get that they were stupid.

The bird was still there waiting for me to come to a conclusion. She was so small to help me to fly, but she was clever, she could teach me how to live up there. The only problem was that I didn't know how to fly.

I climbed up the tree without hesitation, drew in a long, deep breath.

I decided to jump, I would learn to fly or die.

# فقط یک ساعت. لطفا

روی مبل نشسته بود. پاهایش را جمع کرده بود و چایش را محکم توی دستش نگه داشته بود. انگار اینجا نبود. نگاهش به جایی دور خیره مانده بود. جایی در دوردست که هیچکس جز خودش نمی دید. انگار با چشم باز خوابش برده بود. گاهی اینطور می شد اما من هیچوقت به این وضعش عادت نکردم. جلو رفتم و یک شکلات به او تعارف کردم اما نخواست. سعی کرد به من لبخند بزند اما لبخندش خیلی احمقانه بود. اینجور وقتها نمی شد با او حرف زد. همین است که هست. اما من بدم می آید، راستش می ترسم. فکر می کنم پاول آن پسر مهربان و صمیمی که در خانه راه می رود و هی حرف می زند و می خندد و گاهی کمی احمق به نظر می رسد حالا کجا می تواند باشد. حالا فقط یک تونل تاریک و درهم روی مبل نشسته و ارتباطش را با دیگران قطع کرده است.

گاهی از دور یواشکی نگاهش می کنم. سعی می کنم سر در بیاورم. ولی او آنقدر بسته و ترسناک می شود که رهایش می کنم. خودم را با کارهای خانه و بچه ها سرگرم می کنم. خودش کمی بعد بر می گردد و اتفاقا مهربانتر می شود. اما من اینجور وقت ها باز هم بیشتر بدم می آید، انگار فقط سعی می کند که عادی باشد. اما چند ساعت بعد همه چیز واقعا به حالت عادی بر می گردد.

86

لباس می پوشم چون باید بچه ها را از مدرسه بگیرم. از دم در داد می زنم که می روم دنبال بچه ها و او می گوید مراقب باش. تقریبا همیشه همین حرف را می زند.

دخترم ماری اخلاقش کمی به پدرش رفته است. گاهی تصورش را می کنم که بزرگ شده و روی تختش دراز کشیده و مثل پدرش با چشم باز خوابیده است. آنوقت می خواهم لیوان چای پاول را از دستش در بیاورم و بریزم روی سرش و بگویم این چه عادتیست بچه ها از تو یاد می گیرند. اما دلم نمی آید. دلم می سوزد. او هم نیاز دارد ساعتی آنجور که دوست دارد با خودش خلوت کند.

بچه ها روی صندلی عقب ماشین نشسته اند و بلند بلند حرف می زنند. هردوشان می خواهند روزشان را برایم تعریف کنند و همه اش توی حرف هم می پرند و دعوایشان می شود. خیلی خوب است که همه چیز را به من می گویند  اما سروصداشان دیوانه کننده است. یاد بچگی خودم می افتم. سعی می کنم خونسردیم را حفظ کنم. بهشان می گویم که من دوتا گوش دارم و با هر گوش حرف یکی شان را گوش می دهم. آنها باز باهم شروع به حرف زدن می کنند. خدایا این چه حرف احمقانه ای بود که گفتم، الان سرسام می گیرم.

بالاخره می رسیم. بین راه کمی خرید کرده ام. کمی خرت و پرت برای شام و بستنی برای بچه ها گرفته ام. ماری سریع

بستنی اش را می خورد و مثل همیشه لباسش را کثیف می کند. چقدر مادر بودن سخت است.

بچه ها را می فرستم سمت پدرشان تا هم پاول را مجبور کنم به این دنیا برگردد و هم از سر و صدای بی وقفه بچه ها راحت شوم. خودم می روم توی آشپزخانه و چهار تا چای می ریزم.

ماری و سام توی بغل پاول نشسته اند و همان حرفهایی را که در ماشین برای من می گفتند برای پدرشان تکرار می کنند. تلویزیون را روشن می کنم و می نشینم روی مبل و پاهایم را جمع می کنم. لیوان داغ چای توی دستم است. تلویزیون را آنقدر بلند می کنم که صدای دیگری نشنوم. دلم می خواهد کمی هم مال خودم باشم.

# I just need one hour

He is sitting on his favorite sofa wrapping his hands around a glass of tea, but his soul is far beyond. Look like he is staring at nothingness, his focused eyes seem fixed on some distant landscape. He looks like a man who has fallen asleep with eyes wide open. This situation comes and goes for him sometimes. But I think I will never get along with it. I offer him a chocolate bar just to break the ice, but he merely nods in silence. Just smiles to be kind but looks mean instead. He hardly talks when he is like this. I hate it but more than that I afraid. I wonder where that loving and easygoing guy could be, who always jokes around and talks continuously, laughs loudly and sometimes looks a little silly. At the moment he is drained of himself, it is kind of like he does sank into a dark hole like a lead weight, getting disconnected from the entire world around and the only thing I can do is waiting.

I keep an eye on him from a distance. I try to figure out what is in his mind while he is experiencing this sense of absence. But he is completely closed off from the world and I prefer to leave him alone. I make myself busy cooking. His short-lived solitude would come to an end sooner or later and he would even become more kind after that. But honestly it makes me more afraid. It is as if my man is left behind on that sofa and a stranger is walking around the house in his body. I decide not to complain anyway because I know just in a few hours he would be back, normal again.

I get dressed and shout from the door gate that I'm leaving to pick children up from school. He says "take care" like every day.

My daughter Mary has her father's temper. She is a normal happy girl but sometimes I can see a stranger deep dawn in her eyes. Sometimes I can imagine the day that she is grown up and has laid, face up on the bed looking straight at the ceiling and looks like she has slept with open eyes like his father. These times I want to take

the glass of tea from his hand and pour it down and say "you've got to get a hold of yourself, Children will go after you". But I can't. I love him and I know he needs some private sometimes.

Children are sitting on the car back seat and talking continuously. They both are talking together, detailing their school day over and over and sometimes make up some imaginary stories too. It sounds as if a flock of quarrelsome crows is flowing. It's good that they spill out themselves and talk to me about almost everything, but it's too much noise. I remember my childhood when I was almost the same. I try to keep calm and say "I have two ears and I can hear you both at the same time, each one by each ear". At the moment the words come out of my mouth I regret it. They continue to talk together and all the words are revolving within a closed cycle around my brain, each followed the other.

"Oh my GOD how stupid I was to say that. I would lose my mind in a minute".

Eventually we get home. I had some shopping in my way home, including some ice cream for children. Mary has spelled her ice cream on her dress like always. You have no idea how hard it is to be a mom unless you become a mom.

Children break into their father with their noise; I hope they could drag him back. Yes!! It works. It makes him regaining his consciousness and helps me to be a little far from their noise. I go to the kitchen to make some tea.

Mary and Sam are sitting on their father's legs repeating the same stories they were telling in the car. I turn the TV on and sit in front of it on my favorite sofa, wrapping my hand tightly around a glass of hot tea, quite ignoring them. I turn the volume up to hear nothing else for a while.

# آلزایمر

مدتها بود که دوستی نداشت. هر چه فکر می کرد هیچ دوست و آشنایی را بیاد نمی آورد. بیشتر روز را کتابی در دست می گرفت و می خوابید. گاهی غذایی برایش می آوردند و تازه می فهمید که گرسنه است. همیشه کسی بود که به او در غذا خوردن و لباس پوشیدن و سایر کارها کمک کند. او آنها را نمی شناخت، اما چه اهمیتی داشت. این سوال به سرعت از مغزش پاک می شد.

ناگهان بیاد آورد که باید سر کارش باشد. فورا بلند شد، لباسش را عوض کرد و براه افتاد. آنطرف خیابان یک پارک کوچک دید. بهار بود و درختان پر از شکوفه و جوانه های سبز بودند. وارد پارک شد. بچه ها بازی می کردند و مادرانشان تماشایشان می کردند. بعد انگار منظره از جلو چشمانش دور شد. کسی صدایش کرد. پیرمردی بود با عصایی چوبی و کت و شلوار قهوه ای، رفت و کنارش نشست. پیرمرد شروع به صحبت کرد، انگار قصه می گفت.

نگاهش به بادکنکهای آنطرف خیابان افتاد. چقدر رنگارنگ و زیبا بودند. دلش یکی از آنها را خواست. بلند شد و بطرف مرد بادکنک فروش رفت و یک بادکنک زرد خواست. گرفت و رفت. مالک بودن یکی از این حجم های خالی چقدر برایش لذت بخش بود. مردی به پشتش زد. "آقا پول بادکنک را

93

ندادید". چه می گفت؟ چه مرد بداخلاق و گستاخی بود. از او چه می خواست. به راهش ادامه داد. مردک ولش نمی کرد. انگار بادکنک را می خواست. دلش نمی خواست بادکنک را از دست بدهد اما حوصله مزاحمت این مرد را هم نداشت. برای همین بادکنک را به او داد و رفت. یک توپ جلو پایش افتاد و با نوک پا به آن ضربه زد. توپ بین یک گروه نوجوان هیجان زده افتاد. او هم بدنبال توپ دوید اما خیلی زود راهش را گرفت و رفت.

به یک خیابان پر رفت و آمد رسید، پرازماشینهای رنگارنگی که سریع از مقابلش می گذشتند. خواست از خیابان عبور کند اما ترسید. ترجیح داد همان طرف در پیاده رو قدم بزند.

خیابان شلوغتر می شد. چقدر آدم، چقدر تند راه می رفتند و گاهی به او تنه می زدند. چقدر قیافه ها عبوس و گرفته بود. پایش به یک سنگ خورد، نزدیک بود به زمین بیافتد اما تعادلش را حفظ کرد و براه ادامه داد.

یک رستوران کوچک دید، داخل رفت. پشت یک میز نشست و سفارش داد. کمی نشست، بعد بلند شد و بیرون رفت. ازدحام مردم در حرکت بودند، یکی آستینش را کشید "آقا آدامس بخرید".

نگاهی کرد و بدون اینکه جوابی بدهد رفت.

وارد کوچه آرامی شد. از آرامشش خوشش آمد. همه خانه ها تقریبا شبیه هم بودند. خسته شده بود. روی پله جلوی در یکی از آنها نشست. پاهایش درد گرفته بودند. احساس می کرد مثل آن بادکنک حجم خالی زردی شده، بعد صدای شکمش را شنید و یادش از بادکنک رفت. به در زد. زنی در را باز کرد.

"خانم من گرسنه ام می توانم با شما غذا بخورم؟"

زن با هیجان زیاد او را در آغوش گرفت و بوسید و به خانه آورد. پدر صدایش می کرد. به او می گفت که چقدر نگرانش شده بودند. چند نفر دیگر هم آمدند و با خوشحالی در آغوشش گرفتند. چقدر حرف می زدند. از آنها خوشش نیامد.

غذایش را که خورد کتابی در دست گرفت و روی تخت دراز کشید و طولی نکشید که خوابش برد و همه چیز را فراموش کرد.

# Alzheimer

He never had any friends or relatives. As long as he remembered, he never had once. Most of the time, he used to lie down on a bed and absorbed in a book. Sometimes they brought him some food, and he just remembered that he was hungry. Always there was someone to help him eating or getting dressed or any other stuff. He didn't know them though. Who cared about them! He forgot about them in a sec, like a blackboard wiped with a damp cloth, his mind was erased immediately.

"got to get going" he said, it was flashed in his mind that he should get to work , so he headed off to the office, he tried to remember the address, but drew a blank. He didn't care and just wandered around. Kept on walking, a park took his attention, he could see trees were covered with white and pink blossoms; it was so beautiful. He got in to the park. Children were playing in the playground, and mothers were

standing in a corner talking together and watching their children. The scene faded immediately when he heard someone calling him. He was an old man in suits with a wood cane, sitting on a bench. He sat on the bench next to him. The old man was talking nonstop, seemed he was telling a story and wasn't hopping for an answer.

A bunch of colorful balloons caught his eyes. They seemed so beautiful. He wanted to have one. Headed to the man holding the balloons and asked to have the yellow one. Got it and went away. He enjoyed holding an empty yellow balloon like that. The man came after him "you should pay for the balloon…" he said. He was so rude, what did he want from him, kept going. But the man didn't leave him alone. It seemed that it was about the balloon; he liked it but wanted to get rid of the rude man. So gave the balloon to the man and kept going. A ball dropped in front of him. He hit the ball and it dropped in front of a group of teenagers. He ran

after the ball himself, but his passion for it began to cool soon.

He headed to a crowded street. A variety of cars were passing in front of his eyes. He wanted to pass the street but scared and continued to walk in sidewalk. He saw a small restaurant and entered, sat at a table and chose something from the menu randomly. Stayed for a while but the food didn't come, so stood up and left.

The street was still full of people; he hated crowded places, so entered a small alley. He felt relaxed there. A line of resembling houses was across the valley. He felt tiered and his legs hurt, he was hungry too and didn't know what to do. Knocked a door next to where he was standing and a woman opened it.

I'm hungry can I have some food?" he said politely".

The woman looked very excited to see him. hugged him tightly and took him home. They called him dad and told him that they were worry for him. Some other guys came to hug

him kindly. They were talking a lot and he didn't like them. So he ate some food and went to a room, took a book and fell asleep.

# دیوانگی

"ایستاده بود و همینطور نگاه می کرد. گفتم حداقل از خودت دفاع کن، انگار نمی شنید. دیگر دلم برایش نمی سوخت. رفتم. اما چهره رنگ پریده اش تمام مدت جلوی چشمم بود. تمام روز به یاد آن نگاه می افتادم که انگار من را نمی دید. نه من و نه هیچکس و هیچ چیز دیگر را. نمی دانم چرا این کار را کرد. هیچ چیز در زندگی کم نداشت. یک آدم موفق بود. چیزی نمیگفت، از خودش دفاع نمی کرد، حالا که فکرش را می کنم انگار اصلا برایش مهم نبود که من به چه فکر می کنم، که گناهکار بدانمش یا نه. اصلا کسی را نمی دید. همه دنیا برایش نابود شده بود. دیگر نمی شد برایش کاری کرد. فردا صبح حکمش اجرا شد".

...

بلند شدم و کتاب را در قفسه گذاشتم. زنگ زدم و یک لیوان چای خواستم. همین الان یک لیوان چای داغ تازه دم روی میزم خواهد بود. می توانم زنگ بزنم و هر چیز دیگری بخواهم. در یک چشم بهم زدن روی میزم خواهد بود. از خودم بدم آمد. از همه آن چیزهایی که می توانستم بخواهم و داشته باشم بدم آمد. از خودم از لباسم، از اینکه می توانستم همین الان برم و بزنم زیر گوش اولین کسی که می بینم و از عواقبش فرار کنم از خودم بدم آمد. لیوان چای را که آورد، آن

را گرفتم و رها کردم، لیوان روی زمین افتاد و شکست و چای روی زمین ریخت. فقط نگاه کرد و با خونسردی کامل زمین را تمیز کرد و رفت. بیشتر از خودم بدم آمد.

پالتوام را پوشیدم و بیرون رفتم. راننده ماشین را جلو در آورده بود. سوییچ را از راننده گرفتم و سوار شدم. پایم را گذاشتم روی پدال گاز و رفتم. بچه که بودم وقتی پدرم تند می رفت می ترسیدم. می ترسیدم بمیرم و نفهمم زندگی چیست. همین زندگی که حالا از آن متنفر بودم.

یک ایستگاه اتوبوس جلوتر بود. مردم از هر سن و سالی آنجا بودند. می توانستم با اطمینان بگویم همه شان دلشان می خواست الان بجای ایستادن در ایستگاه اتوبوس در یک ماشین مثل ماشین من سوار بودند. از همه شان بدم آمد.

فرمان را به سمت ایستگاه اتوبوس کج کردم. صدای فریادهاشان را می شنیدم. از فریادهاشان هم بدم آمد.

# Madness

"He sat, Dazed, on the chair, hands on table, his mouth clamped shut. "Defend yourself" I said. He quite ignored me. I doubted that the sound of my voice was even getting through to him.

What had happened, I had no idea. I could never imagine what went on in his mind. I left, but the memory of the distant look in his eyes and his pasty face was with me after that forever. As far as I could tell, he was a successful man and at a glance, he had the world in his hands. It was about his income or lifestyle, I don't know but success looked good on him.

These days a thought stuck me that maybe, considering him guilty or not was not his concern. His entire world was crushed. Nothing could help him anymore. The legal issue was quickly settled. The other morning according to his verdict, he was executed."

...

"I put the book in the shelves and called for a cup of tea. There would be a cup of fresh hot tea on my desk in the blink of an eye. I could call for anything and it would be there for me in a blinking. My life was obviously luxury. I hated my life; I hated everything that belonged to me; I hated everything that could be ready for me; I hated how people looked at me admiringly. When my secretary brought the tea, I dropped the cup, the cup smashed into pieces. With no reaction, she just cleaned it up. I hated myself even more than before.

Took my coat and got out. The driver brought my Lamborghini; I took the key to drive myself. I could remember when I was young and my father drove fast, I scared, I scared to die. I scared to lose the chance of living, the life that I hated it now.

It was a bus stop in my way. A crowd of People were waiting for bus. With no doubt I could say that all of them wanted to be in my car instead of standing there waiting for the bus. I hated them too.

I hit into the bus stop at full speed. I could hear the people screaming. I hated their screaming too".

# جسی عزیزم

چقدر کار داشت. فرصت چندانی هم نداشت. باید به خودش ثابت می کرد که می تواند. او به این موفقیت نیاز داشت. اما با این وجود روی تخت دراز کشید و به فکر فرو رفت. پسرش را سه ماه میشد که ندیده بود. جسی سه سال بود که بعد از طلاقشان با پدرش زندگی می کرد و فقط گاهی به دیدن مادرش می رفت. به اخرین عکسی که برایش فرستاده بود نگاه کرد.

چقدر شبیه پدرش بود. چقدر می توانست در کنار هم به آنها خوش بگذرد. هرچقدر فکر می کرد با ده ساعت کار روزانه نمی توانست سرپرستی یک پسر بچه سیزده ساله را هم بر عهده بگیرد، اما چقدر او را دوست داشت و با تمام وجود می خواستش. بدنش از تصور داشتن پسرش از شادی لرزید. این همان کودکی بود که آنقدر برای بدنیا آوردنش درد کشیده بود. پسری که آنهمه نوازشش کرده بود. پسری که آنهمه بدنش را با شوق در آغوش کشیده بود. چقدر دلش برای آن طراوت صادقانه پسرش تنگ شده بود. برای خنده های بلندش، برای گازهای بزرگی که به بستنی می زد. برای پیازهایی که نمی خورد و گوشه بشقابش جمع می کرد. حتی دلش برای لجبازی ها و خراب کاری هایش هم تنگ شده بود.

روی تخت دراز کشید، تبلتش را برداشت و شروع به تایپ کردن کرد.

جسی عزیزم الان مشغول چه کاری هستی؟ فکر می کنم باید سر میزشام نشسته باشی. پدرت دست پخت خوبی دارد. یادم هست بهتر از من غذا می پخت. هنوز هم غذاهایش به همان خوشمزگی هستند؟ دلم برایت تنگ شده. یادت هست بچه که بودی من می خوابیم و تو روی کمرم راه می رفتی؟ آن زمان چقدر سبک بودی عزیز دلم. شرط می بندم آنقدر سنگین شدی که دیگر نمی توانم بلندت کنم.

راستی نتیجه بازی دیروزت چه شد؟ من کلی دعا کردم که برنده شوی. من به تو ایمان دارم، چه ببری و چه ببازی. بگو ببینم خودت را که زخمی نکردی؟ اگر جام مدارس را بردی یک جایزه هم اینجا پیش من داری. تعطیلات تابستان نزدیک است. به پدرت بگو یک بلیط برای اولین روز تعطیلات برایت بگیرد. وقتی رسیدی من در فرودگاه منتظرت ایستاده ام. تو می دوی و می پری بغلم. خوشحالم که دونده خوبی هستی. چون چند ثانیه زودتر می توانم در آغوشت بگیرم و ببوسمت. آنقدر بلند که صدایش تا آن سر دنیا برسد. بعد دست در دست هم بسمت ماشین می رویم. من لبخندی می زنم که تو معنایش را نمی فهمی. بعد بلند می خندم چون پسر عزیزم کنارم هست و من نمی توانم آنهمه شادی را پنهان کنم. سوار ماشین می شویم. می پری روی صندلی جلو می نشینی و کوله ات را روی صندلی عقب می اندازی وبسمت خانه می رویم.

تو لبخند می زنی و فکر می کنی من معنی آنرا نمی فهمم. اما مادر ها فکر بچه هاشان را می خوانند. تو از اینکه من کل روز را به خاطرتو مرخصی گرفته ام و تمام روز را کنار هم هستیم خوشحالی چون تو هم دلت برای مادرت تنگ شده. باوجودیکه نزدیک ظهر است به کافی شاپ مورد علاقه ات می رویم و باهم صبحانه می خوریم. من مدتهاست که یک صبحانه حسابی نخورده ام. صبحها تنهایی اشتهایی ندارم. تو که پیش بابا صبحانه ات را کامل می خوری؟ این را به من قول دادی! بعد تو دوش می گیری و من لباس تمیز و جایزه ات را که قولش را داده بودم برایت روی تخت می گذارم و می نشینم جایی که به در حمام مسلط باشم تا تورا در حالی که حوله پوشیدی و بیرون می آیی تماشا کنم. من از تماشای تو لذت می برم و به خودم می گویم پسرم دیگر بزرگ شده و لبخند می زنم. تو به اتاقت می روی، منتظر انچه روی تخت می بینی بودی. در اتاق بسته است اما من می دانم که تو اول هدیه ات را باز می کنی و بعد لباس می پوشی.

جسی عزیزم تو دوست داری کل روز باهم در خانه بمانیم و غذا بپزیم وتلویزیون تماشا کنیم، از این نظر کمی با هم سن و سالهایت فرق میکنی، شاید هم بخاطر این است که تو هم دلت خیلی برای مادرت تنگ شده. برایت غذای مورد علاقه ات را می پزم و تو می آیی در آشپزخانه و برایم حرف میزنی و کمکم می کنی. بعد از غذا باهم بستنی می خوریم و تلویزیون تماشا می کنیم و تو از مسابقات بسکتبال مدرسه تان و

دوستهایت و معلم هایت و خیلی چیزهای دیگر برایم می گویی، من هم با لذت گوش می دهم. بعد سرت را توی بغل من می گذاری و با هم سریال می بینیم و توهمانطور که تلویزیون تماشا می کنی خوابت می برد. دیگر سنگین تر از آن هستی که بغلت کنم و ببرمت توی تخت. دلم هم نمی آید بیدارت کنم و تو اولین شبت را اینجا روی مبل می خوابی. مرا می بخشی اما فردا صبح که بیدار می شوی من سر کار رفته ام و صبحانه ات با یک یادداشت روی میز است.

"عصر میبینمت

قربان تو ـ مادر"

# My dear Jessie

It was a busy working day. She had to prove herself in her new job, she needed it. But working was just one of his concerns. She hadn't seen her son for three months. Jessie was a teenage boy who was living with his father for these three years, after divorce. She could see him just during holidays. She stared at the most recent picture that Jessie sent to her. He was on the road to become a young man. At this point in her life, she couldn't afford taking care of her son with ten hours working a day.

She laid flat on the bed, took her tablet, and Started to type...

My dear Jessie, what are you doing right now? It should be your dinner time; thank God your dad is a good cook, better than me, is he still good?

I miss you a lot my Jessie, I am working so hard these days and I'm always tired. Years ago, when you were a little boy, I used to lay down

on the floor and you walked on my back to give me a massage, do you remember? You were so lightweight those days honey. I bet you are almost a young man now.

How was your basketball game yesterday? I believe in you if you win or not. Tell me you didn't hurt yourself during the game!! If you win the schools cup, there would be a good gift here for you. Summer is coming. Ask your dad to buy you a ticket for the first day of summer; I'm looking forward to see you soon. When you arrive, I would be waiting for you at the airport, you would run to me, it's a big chance that you are a good runner, so I can hug and kiss you some seconds earlier. Then we would get in my car. I would smile and you don't know the meaning of it, and then my smile would become a loud laugh because I'm so happy to see my son again. You would seat on front seat and throw your backpack on the back seat. And we would drive home listening to your favorite music. I can see you smiling and I know the meaning of it, mothers always know everything. You missed

me too and you are happy to see me, you know that I would take one day off to spend all my day with you. We would stop at your favorite cafe to have a delicious brunch, it's almost noon though. I hadn't had a good breakfast for so long, no appetite when alone. Do you eat your breakfast? You promised me to do so!

When we get home, you would take a shower. And I would put your clean clothes on your bed along with your gift that I promised.

Then I would seat on a sofa where I can see you when you get out of bathroom with towel. I enjoy watching you and I wonder my little son is becoming a handsome young man. You go to your room and close the door. You were waiting for what you would see on your bed. Even from behind the door, I know that you first open your gift, and then you cloth up.

My dear Jessie I know you like to stay at home, watching TV and cook with me, you are different from other teenagers, in this part, or maybe it's because you missed me a lot. We

would talk about school, basketball games, friends and … I listen carefully. After dinner you turn the TV on and you'll fall asleep on the sofa in front of TV. You are so heavy to be carried to bed, and I won't wake you up to go to bed, so you would spend your first night here on the sofa. Sorry but the next morning when you wake up, I won't be home and your breakfast would be on the kitchen table with a note.

"I have to go to work, see you in the afternoon

Love

Mom"

# هر بار باید از نو شروع می کرد

از وقتی به یاد داشت تنها بود. همه زندگیش در تنهایی می گذشت. به تنهایی خو گرفته بود. تنهایی می خورد، می خوابید، بازی می کرد. گاهی فقط می نشست و گوش می داد. عاشق این صداهای درهم بود که انگار از هیچ کجا سرچشمه نداشت اما همه جا را پر می کرد. گوش دادن به این صداها بزرگترین سرگرمیش بود.

همه زندگی را سرگرم خود بود و به خود می بالید. ساعتها آرام می نشست و در خود فرو می رفت. هر بار که به خود می آمد رشدش را بچشم می دید، دیگر احساس می کرد موجود کاملی شده، اما مدتی بود که احساس تنهایی می کرد. دلش می خواست دوست داشته باشد. آرزو می کرد می توانست با آسودگی کامل دوست بدارد و بی آلایش دوست داشته شود. دلش چیزهای جدید می خواست. اما هر چه می خوابید و بیدار می شد آنها را نمی یافت. او که فکر می کرد خیلی کامل است، هنوز خیلی چیزها کم داشت. تازه این را می فهمید.

تا روزی که احساس کرد دارد می میرد. او هیچ از مرگ نمی دانست. اما نمی ترسید. به آن ایمان داشت. از آن زندگی هم سیر شده بود. پس خودش را به آنچه پیش می آمد می سپرد.

113

مرگ برایش احساس گرمی مطبوعی داشت. صدایی می شنید که بنظرش آشنا بود اما سرچشمه داشت. چشمهایش را باز کرد و صورتش را به سرچشمه صدا برگرداند. موجودی مهربان و دوست داشتنی که بعد ها "مامان" صدایش کرد او را در آغوش داشت و می خندید. موجود مهربان به او غذا می داد و او مشتاقانه طعم آن را مزه مزه می کرد و با لذت بسیار می نوشید. چه موجود مهربان و زیبایی بود. می توانست او را آسوده دوست بدارد.

غذایش را خورد و مشغول تماشا شد. چه جای بزرگ و رنگارنگ و زیبایی بود. آنجا را نمی شناخت اما احساس می کرد به همه آرزوهایش رسیده است. دیگر از زندگی چیزی نمی خواست. باید رشد می کرد. چقدر کوچک بود. اما با همه وجود در زندگی جدیدش احساس خوشبختی می کرد، هرچند چیزی هم از زندگی قبلی به یادش نمانده بود.

## *Starting again*

Looking back through his life, he had always been alone. Even though, he was used to it. He ate alone, slept alone, even sometimes played games alone, or just sat, running his eyes around, listening to the absolute silence. The silence around him was absolute which had no source, but spreads everywhere. He just sometimes heard something vague and listening to it was his hobby those days.

He was proud of himself. He lived in peace. His growth was all he was concerned about. Most of the times, he kept absolutely still. You could even say that his growth could be seen even by eye. Little by little he felt mature and he felt lonely. He needed to have company, to love, to make friends. Felt as if, he needed more than growing in absolute silence, but he couldn't find that there.

When the time came, a sense of dying came over him. He was drawn by instinct to the complex sequences of movements. He didn't know what it was, but he wasn't afraid of it, so he had gone with the flow and accepted it without hesitation.

...

He felt a pleasure sense of warmness; his life had been undergone a metamorphosis named "born". He was wrapped in kind arms, it was wonderful. He could hear a kind voice; it was kind of like it had a special source. He opened his eyes, turned to the source of the lovely voice. It was the most beautiful creature, the only creature, he had ever seen with the most beautiful smile, later he called her "mom".

The "mom" fed him, and he savored her milk among her kindness. Truth be told, she was the absolute love.

When a sense of satiety came over him, he started watching around. It was a huge big place, so bigger than the place he was used to it. He didn't know anything about there.

It was as if he achieved all he had wished for, but he didn't felt mature in this new world. He had to continue growing, but he felt absolute happiness.

# اگر آنجا بودم

مثل هر روز بعدازظهر چای می خورد و سریال می دید که نگاهش به گوشه دیوار افتاد. ترک خورده بود. تازه دیوار را رنگ کرده بود و دلش یک ترک دیگر نمی خواست. سریال را رها کرد و بلند شد. به ترک نگاه کرد و دستش را روی آن کشید. لبه تیزی داشت. دستش را می خراشاند. اگر آنجا بودم می دیدم که ناگهان نگاهش غمگین شد. اما آنجا نبودم.

کنار دیوار نشست و به ترک دیوار خیره شد. اگر آنجا بودم می دیدم که چند قطره اشک از گوشه چشمش می آید. اگر آنجا بودم می گفتم فدای سرت، ترک که گریه ندارد. خودم دوباره رنگش می کنم. اما آنجا نبودم.

چایش دیگر سرد شده بود. یک ترک ساده روی دیوار بود و چندین ترک عمیق روی قلبش. یاد ترکهایی افتاده بود که سالها زندگی روی قلبش انداخته بود. ترکهایی که لبه تیزش دست هر کس را که به او نزدیک شده بود و خواسته بود قلبش را لمس کند خراشانده بود. ترکهایی که نه می شد با رنگ پوشاند و نه با گذشت زمان. ترکهایی که گاهی با یک تپش یا با یک اخم به درد می آمدند.

اگر آنجا بودم دستم را روی قلبش می گذاشتم و نوازشش می کردم. عیبی نداشت اگر دستم از ترکهای قلبش خراشیده می شد. آخر دوستش داشتم.

اگر آنجا بودم چایش را که سرد شده بود عوض می کردم. دیوارش را دوباره رنگ می کردم و کاری می کردم که آنقدر خوش باشد که کم کم ترکها از یادش برود.

اگر آنجا بودم قلبش را پانسمان می کردم.

اگر آنجا بودم شاید این ترکها روی قلبش نبود. اما نبودم. در واقع خیلی وقت بود که دیگر آنجا نبودم.

احتمالا خیلی از این ترکها را من روی این قلب گذاشته بودم.

اگر آنجا بودم. شاید هنوز داشت چایش را می خورد و به ترک روی دیوار هم می خندید.

## If I where there

Like every other afternoon she was drinking her cup of tea and watching her favorite TV series until a glance at a crack on her newly painted wall took her attention. The wall was newly painted and she didn't want a crack on it. Got closer and caressed the crack. It was one inch or two but had a sharp edge that scratched her hand.

If I were there I would see her face grew somber and her eyes became misty. But I wasn't.

She sighed and squatted down putting her back to the wall staring at the crack. If I were there I would see her tears slowly pouring out of her beautiful eyes running through her cheeks. If I were there I would say "never mind, I'll paint it again" but I wasn't.

Her tea had been chilled out long ago. There was a small crack on the wall but several cracks on her heart. She was thinking about all cracks that

life had made on her heart. The cracks that couldn't be fixed, by painting or time and had scratched all hands that tried to touch her heart. The cracks that hurt, whenever her heart had pounded.

If I were there I would put my hand on her heart and cuddle it. No matter if the cracks hurt me, case I loved her.

If I were there I would change her chilled cup of tea, paint her cracked wall and I would do anything to see her bashful smile again.

If I were there I would heal her heart.

If I were there her heart may wasn't even cracked.

But I wasn't.

Actually I wasn't there for a long time. Moreover, I was the reason of most of the cruel cracks probably. If I were there maybe she was still drinking her tea, watching her TV series and had her bashful smile on her lovely face.

به سلامتی آینده...

**To the future …**

# The illusion of Persian cat

By: Maryam Shafiee

Rewritten in English by:

Maryam Shafiee